U0019799

廖玉蕙的台語散文

彼年春天

廖玉蕙——

著

CONTENTS

目 次

輯三　講一個故事予恁聽

〔序〕
我的台語和台灣文學的結緣
——用台語講故事

（說明：明體文字是意譯華文，非逐字翻譯。）

　　已經袂記得是幾年前的某一個暗時，我應屏東佛光道場的邀請，去做一場演講。才講五分鐘，一位70歲左右的老菩薩忽然間佇某一個停頓的所在攑手，大聲用台灣話問我：「教授會當用台灣話講無？用國語，阮攏聽無呢。」伊用「阮」，我解讀這個建議不止代表伊一個人，彼个「阮」，可能代表袂少人的心聲。我當場愣去，回答伊：「我的台語無啥輾轉。」佇逐家的笑聲中，彼位老太太堅持提供補救的方法，講：「無要緊啦，你袂曉的，有人會共你鬥相共，幫忙你翻譯啦。」

　　（已經不記得是幾年前的某一個夜晚，我應邀到屏東的佛光道場去做一場演講。才講了五分鐘，一位70歲左右的老菩薩忽然在某一個停頓處舉手，大聲用台灣話問我：「教授會當用台灣話講無？用國語，阮攏聽無呢。」她用「阮」，不是用「我」，我解讀這建議不只代表她一個人，那個「阮」字可能代表了不少人的心聲。我當場傻

眼，回她：「我的台語無啥輾轉。」在全場的鬨笑聲中，那位老太太很堅持地提供補救方案：「無要緊啦，你袂曉的，有人會共你鬥相共，幫忙你翻譯啦。」）

彼工，佇室外演講，夜涼如水，一輪明月在天。我就佇月光下，開始我生平第一場的閩南語演說。因為人人攏是我的老師，規个演講顛倒鬧熱滾滾，逐家攏真熱心共我訂正，現場氣氛誠好，親像咧進行一場反應熱烈的台語課。

（那天，在室外演講，夜涼如水，一輪明月在天。我就在朗朗的月光下，開始我生平第一場的閩南語演說。因為人人皆為我師，倒顯得演講格外熱絡，七嘴八舌的訂正，現場氣氛堪稱水乳交融，像正進行著一堂反應熱烈的台語課。）

轉來以後，我開始反省，做一个台灣人會當使用滑溜的華語演講，卻無法度掌握我自細漢就使用的閩南語來公開發表演講，哪會按呢咧？所以，我開始佇後來的演講中，慢慢增加講母語的份量，特別是佇講故事，摹仿當事人的氣口的時，若發覺聽眾內，有人的表情有淡薄仔疑問，才閣用華語小可仔翻譯一下。想袂到這款的演說因為語言的傳神，顛倒增加聽眾的興趣。

（回家後，我開始反省，身為台灣人能使用流利的華語演講，卻無法掌握我從小使用的閩南語公開發表演說，

這是怎麼一回事？於是，我開始在其後的演講中一點一滴逐漸嘗試摻入母語，特別是在說故事摹擬當事人的聲口時，若察覺聽眾中有人的表情有點納悶，才再稍稍輔以國語翻譯。沒料到這樣的演講因為語彙的傳神，反倒引發了聽眾更多的興味。）

紲落去，有幾若擺，我應扶輪社的邀請去演講，意外聽到個佇集會中，無論講話抑是唱歌，攏全程使用閩南語；我入境隨俗，也綴咧用母語對談佮演講，結果，引起聽眾的好奇，呵咾我：「妳的台語按怎講甲遮爾仔輾轉咧？」害我感覺足歹勢。「做一個台灣人，台語會輾轉敢毋是理所當然的？竟然予別人來呵咾，是毋是我平常華語使用傷濟、台語講了太少？」

（接著，幾次應邀到扶輪社去演說，意外地聽到他們在集會中，無論說話或唱歌都全程使用閩南語；我入境隨俗，也跟著用母語對談和演說，結果，倒引起聽眾的訝異了，紛紛稱讚我：「妳的台語怎麼講得這麼溜？」我覺得不好意思極了。「身為台灣人，台語講得流利不是理所當然的嗎？竟渥蒙讚許，是不是我平日華語使用太多、台語說得太少了？」）

2015年年底，我應大稻埕「讀人館」的邀請去演講，周盈成先生對我佇演講中講的閩南語故事感覺真趣味，共我提起合作出版台語數位有聲冊的建議。我一向誠愛展風

神，尤其足愛試做毋捌做過的代誌，靠勢這段日子來已經
有幾若擺實驗成功，我誠爽快就答應。雖然我對台語文的
寫作全無經驗，也知影會是一個難度誠懸的挑戰；但是，
盈成講這部分毋免傷操煩，伊本身就有一個台語的「世界
台」，會當做我的拍火隊；若準正經無法度，另外有一位
對台語有研究的師大台文所博士候選人林佳怡女士會當鬥
相共看頭看尾。我去「世界台」看過了後，誠歡喜，也馬
上感覺有遮爾仔堅實的靠山，我應該會當高枕無憂矣。

　　（2015年底，我應邀到大稻埕的「讀人館」演講，周
盈成先生對我在演講中說的閩南語故事大表興趣，跟我提
起有無合作出版台語數位有聲書的可能。我生性人來瘋，
也喜歡嘗試各種可能，仗著這段日子來的實驗成功，我很
爽快就答應了。雖然我對台語文的寫作全無經驗，也知道
會是個高難度的挑戰；但盈成說這部分不用擔心，他自己
本身就有個台語的「世界台」，可以提供協助；再不然，
還有一位研究台語的師大台文所博士候選人林佳怡女士也
可以費點心思潤飾。我上去「世界台」看過後，很驚喜，
也立刻覺得在這麼堅實的後盾下是可以高枕無憂了。）

　　啥知，問題無遮爾仔簡單。遮的文章，不管是舊作抑
是新寫的，攏是使用華文思考、寫文章的習慣也是，翻做
台語總是無遮爾仔好勢，好佳哉兩位少年人真有耐性，一
寡仔無夠口語的文字，經過個的斟酌、修改，雖然佇幾若
擺來來去去的捙盤了後，猶然也猶有矛盾，譬如：是欲保

持文字自我的風格？抑是欲跟隨讀者的語言習慣？但是，這部份所產生的困擾，比較起來，猶毋是上歹克服的。

（誰知，問題沒那麼簡單。這些文章，不管是舊作或新寫，都是使用華文思考、行文習慣也是，**翻譯成台語**總是不那麼順暢，幸而兩位年輕人很有耐性，某些不夠口語的文字，承蒙他們花時間斟酌修改，雖然在一來一回的幾度交鋒中，產生保持文字自我風格與隨順讀者語言習慣的矛盾折衝，但這部分所產生的困擾，相形之下，是比較容易克服的。）

既然是數位有聲冊，「語言」的重要就袂輸「文字」。因為是母語，也經過長期的演講練習，本來叫是會當真輕鬆就上手，啥知，真正入去錄音室了後，才忽然間發現：原來我五音不全。字念毋對予人糾正，還會當心平氣和；聲調懸低予人用圓箍仔箍到密喌喌，差不多隔幾句，就予人糾正，感覺誠失敗。

（既然是數位語音書，「語言」的重要性不下於「文字」。因為是母語，也經過長期的演講練習，本來以為應該可以駕輕就熟的，誰知，真正進入錄音室後，才赫然發現原來我五音不全，念錯字被糾正，還能心平氣和；音調高低被密密麻麻圈出，幾乎每隔幾句，就被糾正音調，真感到萬分挫敗。）

我辯解，講：「語言是用來溝通的，聽捌上重要，聲

調的懸低是每一个人的風格。」編輯堅持愛正確。我看著
規張紙和天花仝款的修正記號，忍袂落去，閣再辯解：
「我年歲大，反應比較較鈍，顧袂周全。欲顧發音正確，
又閣欲注意無熟似的發音；這陣猶閣欲管聲調懸低，佇朗
讀的時，一定較無順序，猶是用原音來讀比較較趣味
啦。」編輯微微仔笑，溫柔但是堅定。

（我辯稱：「語言主要是要溝通，聽懂最重要，聲調
高低是個人的風格。」編輯堅持需要正確。我看著滿紙天
花般的修正標記，忍不住一再辯解：「我年紀大了，反應
較慢，顧此失彼，又要照應發音正確，又要照應不熟悉的
發音，如今還要管聲調起伏，定會在朗讀時失了些生動，
還是用原音呈現比較趣味吧。」編輯微笑著，溫柔而堅
定。）

我繼續爭取：「講起來，只是一本散文冊，曷毋是教
科書，哪著需要遐爾仔嚴格？有寡仔是地方口音無仝，有
的是個人的風格。親像誠濟作家慣勢用拗口的文字寫作，
像王文興、雷驤先生，也無啥問題，遮爾仔嚴格規定，會
予我喙舌拍結哪。」

（我再接再厲：「畢竟只是散文集，不是教科書，需
要那麼嚴格嗎？有些是地方口音不同，或個人風格。就像
許多作家喜歡用艱澀或略似搞怪文字，如王文興、雷驤先
生，好像也沒什麼問題，那麼嚴格會讓我舌頭打結
哪。」）

　　編輯道德苦勸，無威脅，口氣親像咧勸囝仔好好仔用功，講：「你已經誠厲害矣，比一般初學的，你已經講甲誠好矣。你會使咧，一定無問題，放輕鬆就好。」我威脅個：「根據我的經驗，聲調毋是問題，重要的是內容；而且往往準備愈周到的演講愈失敗，因為傷功夫，會失去滑溜的趣味。」

　　（編輯道德勸說，沒有威脅，語氣像勸小孩好好用功，說：「你已經很棒了，相對於初學者，你已經算是講得很好了。你可以的，一定沒問題，放輕鬆就行了。」我威脅他們：「我的演講經驗告訴我，聲調不是問題，重要的是內容；而且往往準備越周到的演講越失敗，因為太求全，失了流暢的趣味。」）

　　個的眼神誠懇，口氣溫柔：「老師加油！你會使咧。」原來我進前佇面冊內底受著面友呵咾的自我練習──「廖玉蕙講古」錯誤袂少。講一世人的台灣話，竟然逐句攏出問題。老實講，感覺真毋是滋味。彼段日子，我日日練習而且連暗時都做惡夢，按怎也無法度放輕鬆。

　　（他們眼神誠懇，語氣委婉：「老師加油！你行的。」原來我先前在臉書備受臉友讚美的自我練習「廖玉蕙講古」都錯誤百出。說了大半輩子的台灣話，竟然每一句都出問題。老實說，真覺不是滋味。那些日子，我日日練習且一連幾晚都做噩夢，好像怎麼樣也難以放輕鬆。）

　　我和編輯佇討論過程中，吵吵鬧鬧，毋知變面過偌濟
擺，絕交過幾偌回合。六十外歲的我，像一个賭氣的少
年，咒誓、變面、放棄，然後，重新抾起破碎的心，閣拍
拚學；編輯猶無咧驚，個勇敢反駁、對抗，然後，隔一段
時間，閣再敢若無事人仔繼續寫批來討論。這件代誌，總
算佇惡聲惡氣之後的一擺閣一擺的吞忍求和中完成。少年
人佮老歲仔攏感覺家己委屈求全，猶咧受氣。後來，經過
後製，逐家聽了錄音出來的成果，攏笑起來，感覺這段實
驗，正經真有意義。

　　（我跟編輯在討論過程中吵吵鬧鬧，不知翻臉過多少
次，絕交過幾回合。年過六十的我，像個負氣的少年般，
賭咒、發誓、翻臉、放棄，然後重拾破碎的心努力向學；
編輯也沒在怕的，他們勇敢回擊對抗，然後隔段時間，再
若無其事地來信討論後續。這事終於在惡聲惡氣過後的再
接再厲忍耐求和下挺過來了，年輕人及老年人都覺自己委
屈求全，餘怒未消。後來，經過後製，大家聽了錄音出來
的成果，都笑了，還異口同聲：非常有意義。）

　　本來這本《彼年春天》是由周盈成先生的「語力出版
社」以數位有聲冊的形式，佇數位平台發行。誠濟人反
映，為啥物無出版紙本冊，會當予個一面聽、一面提冊來
看，順紲學。所以，我才佮周先生參詳，由誠有經驗，也
佮我合作上久的九歌出版社接過去出版。

　　（本來這本《彼年春天》是由周盈成先生的「語力出

版社」以數位有聲書的形式在數位平台發行。很多人反映，為什麼不出版紙本書？可以一邊聽、一邊拿著紙本書看，也能順勢跟著學。所以，我才和周先生商量，由很有經驗、也和我合作最久的九歌出版社接手出版。）

《彼年春天》有誠好聽而且佮時代接近的故事。內底寫的，攏是台灣一般民眾的生活狀況，人情義理攏佇其中。故事所寫的所在攏是咱上熟似的，佇咱身軀邊的家庭內、市場中、火車頂、高鐵站、機場、病院、公司，甚至政府機關，……自農村觀察到都市，由國內一直寫到國外，自個人拄著的答喙鼓到官場現形。題材多元，攏以趣味優先。

（《彼年春天》有相當好聽且接近時代的故事。裡頭呈現的是台灣常民的生活樣貌，人情義理盡在其中。故事的場景是我們最熟悉的，就在我們周邊的家庭裡、市場中、火車上、高鐵站、機場、醫院、公司行號，甚至政府機關，……從農村觀察到都會，從國內直寫到國外，從個人邂逅到官場現形。題材非常多元，一以幽默有趣優先。）

自從發願用母語出版一本有聲冊了後，一路以來的辯論、解說、溫故知新，予這個行動添加足濟新鮮的活力；但無論如何，對我來講，使用台語講故事和用台文寫冊的頭一擺實驗，總算佇寫作三十外年後出航，台語和台文總

算佇遮相拄了，對我來講，意義非常重大。其中難免猶有
需要閣再斟酌抑是有寡較生疏、不足之處，但是只要已經
出發，台語和台灣文學開始鬥陣結緣！遮才是上美麗的。
自這个角度來看，這不但是全新的試驗，也是美好的開
始。當然，上向望的是會當引發後面有愈來愈濟的人來投
入。

　　（自從發願以母語出版一本有聲書後，這一路以來的
辯證與解說、溫故知新，使得這個行動添加許多新鮮的活
力；但無論如何，對我而言，使用台語說故事和用台文書
寫的首次實驗，總算在寫作三十餘年後出發，台語和台文
終於在此交會了，對我而言，意義非凡。容或其間猶有可
資再斟酌之處或生澀之嫌，但只要已然出發，台語和台灣
文學開始相互結緣，這才是最美麗的事。從這角度審視，
這不但是全新的嘗試，也是美好的開始。當然，最期盼的
是能引發後續更多人的投入。）

輯一
火車行過的時

彎彎曲曲的心事

食過中晝頓，我佇客廳曲跤看電視。阮翁對[1]灶跤傱[2]出來，共我講：「我燒著矣呢！」隨就走入去浴間仔。「喔！」我懶屍[3]懶屍共應，心肝想：「啊今[4]這有啥物通好大驚小怪！佇灶跤燙著的經驗，你敢會比我較豐富？」

水聲嘩嘩！兩分鐘左右，阮翁按浴間仔出來，又閣講：「足疼呢！」

我的目睭對電視螢幕徙[5]去到阮翁的身上。日光燈下面，阮翁頭殼犁犁[6]，用手共頭毛掰一下，像炭烌[7]全款的塗粉[8]隨綴[9]聲音飛落來。我予伊嚇驚一下，對膨椅面頂跳起來，原來伊的頭毛、目眉、喙鬚攏燒甲臭火焦！面嘛紅

1　對（tuì/uì）：從
2　傱（tsông）：急跑
3　懶屍（lán-si）：懶洋洋
4　今（tann）：現在、這下子
5　徙（suá）：移動
6　犁犁（lê-lê）：低低、低著
7　炭烌（thuànn-hu）：灰燼
8　塗粉（thôo-hún）：灰塵
9　綴（tuè）：跟著、隨著

記記。我趕緊從去伊面前,「到底是按怎?」

　　阮翁講甲離離落落,代誌的經過大概是按呢:因為先共瓦斯罐入瓦斯了後,才用小瓦斯爐煮咖啡,入的時有一寡[10]瓦斯漏出來佇空氣中,咧點火的時,竟然大範圍著火,伊的面佮倒手[11]攏燒著。我詳細觀察傷痕,判定無送病院袂使得。

　　駛車的路裡,我一直自責。就因為司奶[12]講:「食飯飽若準有一杯咖啡通啉,按呢就足幸福咧!」阮翁為著這句話,去灶跤想欲成全我的心願。因為一杯咖啡,險險仔變成烈士。「為著啉一杯咖啡,予查埔人破相,實在太可怕!從今以後,一定愛改[13]咖啡才會使得!這款害人的物件。」我心內咒誓,心亂如麻。

　　佇急診室的沖水室內底,我摎[14]兩條水管對阮翁受傷的面佮手沖半點鐘的冷水。每一个經過的醫生、護士,甚至工友,毋管佮伊敢有底大代[15],攏好奇問起惹禍的原因。阮翁一身狼狽,我逐个代伊回答。逐擺回答,攏比頂一擺閣較詳細、閣較周至,最後,我袂輸家己是親目瞌看

---

10 一寡(tsit-kuá):一些
11 倒手(tò-tshiú):左手
12 司奶(sai-nai):撒嬌
13 改(kái):戒
14 摎(khiú):拉
15 底大代(tī-tuā-tāi):底代的強調,相干,用於疑問或否定

著全款。

「不幸中的大幸！」醫生講。轉去厝裡的路途中，阮翁腫甲厚厚厚的喙脣翹咧，恬恬坐佇車頂，無講話。

好佳哉干焦燒著半爿的面佮一肢手，我無閣堅持改咖啡，我講：「轉去第一个動作就是共彼个瓦斯罐擲挕揀¹⁶，太危險囉！以後咱換用滴漏式咖啡壺來煮就好，雖然口味小可仔有較差一點仔，就毋通閣傷計較囉！」

虹吸式的咖啡一向是阮的最愛，毋過，安全第一，絕對毋通為著啉一杯好咖啡破相！

轉到厝，著來收尾。灶跤內，頭拄仔¹⁷的局面原在，咖啡粉猶佇玻璃漏仔內恬恬倒咧。經過拄才的驚惶，有影需要一杯閣芳閣醇的咖啡來帖驚一下。

我躊躇一秒鐘，決定猶是冒險共咖啡繼續煮出來：「最後閣用一擺，我就毋信遐爾仔衰！……啊無，瓦斯爐就等明仔載才來擲掉好啦。」我自言自語。誠細膩共兩杯芳貢貢的咖啡煮出來。阮翁無拒絕，那哀，那共咖啡啉落去。無偌久，水疱佇手骨面頂以驚人的速度膨起來！唉！這个夭壽的爐仔。阮翁就按呢哼哼叫，差不多三點鐘以後，無意中恬靜落來。

「袂疼矣是無？」我問。

---

16 擲挕揀（tàn-hìnn-sak）：丟掉

17 頭拄仔（thâu-tú-á）：剛才

「加較[18]好矣啦！」阮翁回答。我心情較輕鬆，感覺瓦斯爐嘛無遐爾仔該死，就共阮翁講：「其實，只要較細膩咧，應該嘛袂有啥物大問題才是啊。無代無誌共一个好好的物件擲掉，未免傷討債[19]。」

阮翁倒咧[20]，憂頭結面，共著傷的手扦咧[21]，無講話。

第二工去門診，醫生講：「啊小可仔代誌啦，賰的[22]問題予時間去解決。」我總算完全放心囉！轉來的時，忽然間足想欲好好仔啉一杯咖啡。

我佮往過全款，輕輕鬆鬆趖[23]入去灶跤，囥[24]咖啡粉，點火，煮落去，無偌久，捀出兩杯咖啡，那啉，那共阮翁埋怨講：「你喔！做代誌就是無可靠才會按呢！哪會是咖啡壺抑是瓦斯罐的問題，根本就是煮咖啡的人有問題！像你遮爾仔粗跤重蹄[25]，燒著手無打緊，佗一工，共厝燒了了，才真正是害溜溜喔！」

華文原收於《公主老花眼》（九歌，2006）

---

18 加較……（ke-khah）：比較……一些
19 討債（thó-tsè）：浪費
20 倒咧（tó--leh）：躺著
21 扦咧（huānn--leh）：扶著
22 賰的（tshun--ê）：剩下的、其餘的
23 趖（sô）：逛、閒晃
24 囥（khǹg）：放、放置
25 粗跤重蹄（tshoo-kha-tāng-tê）：動作莽撞、笨手笨腳

老母的字典

82歲的老母，佇阮兄弟姊妹的厝內輪流蹛一段時間以後，無緣無故決定欲搬轉去祖厝家己蹛[1]。毋顧阮逐家的反對，伊吩咐做水電的先去修理理咧，嘛麻煩朋友去倩[2]人摒掃，家己跤手扭掠[3]款行李，才無幾工，就堂堂入厝。阮逐家有喙講甲無瀾，攏勸無路來，干焦會當那吐大氣、那去共伊鬥相共。

幾工以後，伊對中部敲電話來，希望我會當提供伊一本字典。伊講：「過去，記數[4]的時陣，袂曉寫的字，會使問你。這陣，只好靠字典囉！」阮老母記數將近有40年，攏總有40幾本的數簿仔。內底記錄逐工的菜錢、爸爸的薪水、阮予伊的生活費、過年過節送伊的禮金。大大細細，有中文、日文佮一寡仔[5]趣味的圖。

---

1 蹛（tuà）：住
2 倩（tshiànn）：僱用
3 扭掠（liú-liáh）：手腳敏捷
4 記數（kì-siàu）：記帳
5 一寡仔（tsìt-kuá-á）：一些

　　每過一段時間，伊就會問我一擺講「啊鵝肉的鵝是欲按怎寫？金鍊仔的鍊的筆畫是按怎？」準若阮攏無佇厝裡，伊就會自立救濟，寫出一个筆畫差不多的字，只是有的欠跤、有的欠手、有的五臟六腑無齊全。

　　這擺，伊決心欲學寫字，我毋知影應該送伊一本啥物款的字典才適合。伊無學過注音，嘛毋知影按怎查部首，閣較毋知影啥物是切音佮四角號碼，啥物款的字典會當予伊查著伊想欲愛知影的字咧？萬一，伊想欲寫「雞卵一斤」，想袂起「雞」這个字按怎寫的時陣，有啥物款的字典會當幫助伊咧？

　　我輕聲細說共伊解說講：「對你來講，字典無路用啦！你既然袂曉寫，是欲按怎查？」

　　佇電話內底，老母的口氣誠無歡喜。伊講：「就是袂曉寫，才欲查字典啊！我若會曉寫，欲字典創啥！字典敢毋是就是予人查的？」

　　是啊！字典敢毋是就是予人查袂曉的字！我一時毋知欲閣按怎講，伊才會了解。但是，總是愛想辦法講予伊知：

　　「話按呢講是無毋著啦，毋過，你完全袂曉寫，就是無辦法啊！而且，你嘛袂曉注音……」

　　老母掠做[6]我看伊無，足受氣，共我掛電話。佇掛電

6　掠做（liàh-tsò）：當做、以為

話進前，猶閣大細聲講：「哪會遐爾仔奇怪啦！我只是想欲查幾字仔爾爾[7]，我曷毋是完全毋捌字！大概的形，逐字我攏嘛知，哪有遮爾仔困難！」

老大人家己蹛，我驚伊心情無好、影響生活的品質。規氣莫考慮遐濟，請阮查某囝共伊寄一本《國語日報辭典》。

幾若工以後，阮轉去中部共伊看。發見彼本辭典囥佇冊櫥仔底，暗時，伊記數的時陣，並無去查。問伊，伊才閣想起來，反倒轉[8]來提出伊想袂通的所在，伊問我講：

「正經無法度好查呢！實在有夠奇怪呢！我按怎想，都想袂通，毋捌字的人就無法度好查字典，啊這个字典是欲賣予啥人？捌字的人，伊哪有需要買！笑死人，發明字典這个人實在有夠戇槌呢！」

我毋敢烏白插喙，干焦綴[9]伊的話紲落去[10]講：「是呀！實在有夠戇槌呢！戇甲袂扒癢咧！但是……」

我停一下仔，閣接落去講：「但是，這嘛有另外的道理啊。譬論講，你若是欲去共銀行借錢，無[11]，著愛[12]有存

7　爾爾（niā-niā）：而已

8　反倒轉（huán-tò-tńg）：反而

9　綴（tuè）：跟隨

10　紲落去（suà-lòh-khì）：接著、接下去

11　無（bô）：不然、要嘛

12　著愛（tiòh-ài）：必須

款,無,著愛有不動產抵押,抑無,至少嘛著愛有朋友肯共你做保,若準完全無啥物物件的散赤人,嘛免想銀行會借錢予伊。所以,共銀行借錢的人,大部分攏嘛是好額人[13]!」

阮老母親這个時陣忽然變甲足精光[14]咧,伊隨共我睨[15],講:「你今[16]是咧講,我是無智識的人,完全毋捌字,是毋是?」

我一句話嘛毋敢閣繼續講落去,趕緊旋[17]出去。

華文原收於《不關風與月》(九歌,2003)

---

13 好額人(hó-giàh-lâng):有錢人
14 精光(tsing-kong):精明
15 睨(gîn):瞪
16 今(tann):現在、這下子
17 旋(suan):逃走

火車行過的時

火車行過的時，毋管佇人聲噪耳的西門鬧區，抑是揜貼[1]的庄跤，我總是硞硞繩[2]，愣愣仔相[3]甲伊離開。細漢的往事定定就佇khok-long、khok-long的車聲中隨个褫[4]開，親像相疊的相片，一張閣一張躘[5]上腦海。

讀小學以前，阮蹛佇庄跤舊厝的三合院內底，大廳對面，是一个池仔，池仔外的大門邊，是一欉真茂的老菁仔欉，樹仔跤有幾粒大石頭閒閒咧半攲倒[6]。阮哥哥姊姊去學校讀冊的時陣，我定定坐佇石頭面頂，對青翠的稻仔出神。

闊莽莽的田中央，有一條運送甘蔗的台糖小鐵路覕咧[7]。小小的火車佇青翠的田地孤孤單單咧行，別有一種

1　揜貼（iap-thiap）：偏僻
2　硞硞繩（khók-khók-tsîn）：定睛凝視
3　相（siòng）：端詳
4　褫（thí）：展開
5　躘（liòng）：躍起
6　半攲倒（puànn-the-tó）：斜躺
7　覕咧（bih--leh）：躲藏著

動人的光景。家己一个人無議量[8]的時陣，雄雄霆[9]起來的水螺[10]聲佮曲痀[11]曲痀、那行那喘的五分仔車，佇記持中，確實捌帶予我足濟的夢想。

我定定沉迷佇哥哥姊姊共我講的囡仔冊內底，空思夢想：家己坐火車四界[12]去流浪。這種毋知影頭毋知影尾袂了袂盡的神遊，確實誠會當滿足我囡仔時代愛亂想的毛病。

黃昏的時，去讀冊的學生攏放學轉來。五分仔車的水螺聲一下響，所有的囡仔不約而同對三合院的逐所在軁[13]出來，金爍爍的目睭輾輾翱[14]，佇鐵路邊等待。有時仔，火車若像咧飛全款直直駛去，眾人無機會通[15]下手，就無意無意[16]四散走。

大部份的時陣，五分仔車總是一步一步喘咧行，親像重病的老人。這時，較大漢的囡仔就大膽倚[17]去車仔邊，

8　無議量（bô-gī-niū）：無聊、沒事做

9　霆（tân）：鳴響，用於雷聲、警報等

10　水螺（tsuí-lê）：汽笛

11　曲痀（khiau-ku）：駝背

12　四界（sì-kè）：到處、四處

13　軁（nǹg）：鑽

14　輾輾翱（liàn-liàn-kō）：滾動狀

15　通（thang）：可以、得以

16　無意無意（bô-ì-bô-ì）：覺得無趣，且不知如何自處的樣子

17　倚（uá）：靠近

氣力放盡磅[18]共車內的甘蔗抽出來，較細漢的囡仔就佇邊仔催油喝咻。火車行過了後，差不多人人攏有滿意的收成。

囡仔袂大心肝，只要抽著一、兩枝，就歡頭喜面。毋過，這種逐工[19]例行一擺的突擊行動，除了危險的顧慮以外，閣愛隨時提防守車員拚命來走相逐。也毋知影，到底是守車員原底就欲嚇驚無欲掠人，抑是囡仔確實真精光，若像從來無人予人掠著過。這種走相逐，煞變做黃昏另外一種趣味的景致。

有一擺，阮二兄出力掣[20]落去，竟然規捆的甘蔗攏跋[21]落車，佇邊仔咧加油的我，看一下愣去，一時間，感覺若親像天欲反過來仝款，煞大聲吼[22]出來，共所有的人驚甲走若飛咧。

後來，這捆甘蔗予阮二兄偷偷仔藏佇眠床跤。日時，我不時就覆[23]落去塗跤看一下，看著遐爾大捆已經敨[24]開的甘蔗直直瘦佇遐，總是有大禍咧欲臨頭的感覺。原來，

---

18 放盡磅（pàng-tsīn-pōng）：到最大極限

19 逐工（ta̍k-kang）：每天

20 掣（tshuah）：猛然拉扯

21 跋（pua̍h）：跌、滾下

22 吼（háu）：哭出聲

23 覆（phak）：趴

24 敨（tháu）：打開、解開

向望[25]應甲傷過頭,是遮爾仔予人無法度好安心。小學一年的時,阮搬離開舊厝。新厝起佇縱貫線的邊仔,頭前是公路,後壁是鐵路。規日車聲lōng-lōng叫。彼時,猶未搬[26]電視,阮爸逐工固定聽收音機內底的講古,收音機囥[27]佇客廳佮冊房的隔間的牆仔邊。

我自細漢就興[28]聽人講古,雖然,因為升學競爭真激烈,阮老母禁止阮偷聽。毋過,我袂堪得[29]故事共我挺[30],時常共冊本囥佇冊桌仔頂,假影讀冊,那張持[31]阮母仔的跤步聲,那共耳空覆佇壁頂,偷聽細細聲仔的講古。

定定佇關鍵時刻,水螺聲響起來,紲落,如雷貫耳的車聲,排山倒海而來,往往予我無聽著上精彩的段落,感覺誠可惜。閣較費氣的是,阿母定定借車聲來掩護伊的跤步聲,無聲無說就來檢查。予人搝著[32],免不了食一頓拍。

---

25 向望(ǹg-bāng):願望
26 搬(puann):播映
27 囥(khǹg):放、放置
28 興(hìng):喜好、熱中
29 袂堪得(bē-kham-tit):禁不起
30 挺(siânn):引誘
31 張持(tiunn-tî):當心
32 搝著(tsang--tio̍h):逮到

　　佇噪音的空縫內度日，上大的影響猶毋是嚨喉空³³變甲足大，是對生死存亡的看待。厝後壁，除了縱貫鐵路以外，貼後門，另外有一條較無啥咧行的糖廠鐵枝仔路。印象中，一工大概無定時來回兩逝³⁴。久來，附近的人攏會曉分辨兩種火車無全款的水螺聲。

　　當時，飼雞飼鴨是真四常³⁵，平常時雞仔鴨仔攏放去鐵枝路據在³⁶個行來行去。五分仔車的水螺聲一下霆，逐家就隨共手頭的工課放咧，火速傱去後門，共家己的雞仔鴨仔趕趕轉來。

　　但是，就算跤手閣較扭掠³⁷，嘛定定有一寡仔雞仔鴨仔袂赴³⁸閃，當場予火車軋過。規家伙仔³⁹往往就佇悲傷的氣氛下食暗頓。傷心的毋但是親手飼的雞仔鴨仔僥倖死⁴⁰，佇遐爾艱難的歲月，恐驚是對生計損失的憂心較濟！雞仔鴨仔固然定定遭遇不測，身為萬物之靈的人類往往嘛袂走閃得⁴¹。

---

33 嚨喉空（nâ-âu-khang）：喉嚨、咽喉，此引申嗓門
34 逝（tsuā）：趟
35 四常（sù-siông）：平常、時常
36 據在（kù-tsāi）：任由
37 扭掠（liú-liah）：敏捷
38 袂赴（bē-hù）：來不及
39 規家伙仔（kui-ke-hué-á）：全家、一家大小
40 僥倖死（hiau-hīng-sí）：枉死、意外死亡
41 袂走閃得（bē tsáu-siám--tit）：躲不過

　　有一工，我對學校放學轉來，冊包园落，行去鐵路練習行鐵枝仔耍[42]。無意中看著一張草蓆仔予人擲佇鐵路邊的石頭面頂，細漢的我，毋知影世事，竟然共伊掀開。死佇鐵枝仔路頂的人攏無全屍，大聲哀一聲以後，我面仔青恂恂[43]走轉去，足足破病一個月，逐工做惡夢。一直到今，我猶原對草蓆仔誠不安。

　　公路上、鐵路邊，長年有無細膩[44]的人佇輪仔跤慘死，家屬哭甲叫天叫地，予人看著心酸流目屎。毋過，這種刺激到尾仔嘛會麻痺。看足濟死別的場面，沓沓仔[45]就悟著人生原來如朝露，生佮死，不過是迒[46]一條線。死，嘛不過是性命過程中一个必然會經過的階段。到尾仔，我已經予遮的事故訓練甲連看著來超度亡魂的家屬嘛嘛吼，嘛袂閣流一滴目屎囉。

　　有一擺，我佮阮老爸徛[47]佇後壁門，佇緊猛的車輪下跤，若親像看著有啥物物件對車頂落落來。車駛過以後，阿爸佮我走過去，發見一個高工的查埔學生摔落來佇田底。原來，高工學生佇學校釘一隻細隻椅仔，大概車頂已

42　耍（sńg）：玩耍
43　青恂恂（tshenn-sún-sún）：形容因驚嚇而發青的臉色
44　無細膩（bô-sè-jī）：不小心
45　沓沓仔（tàuh-tàuh-á）：慢慢地
46　迒（hānn）：跨
47　徛（khiā）：站立

經無座位，伊就共細隻椅仔囥佇車門邊。拄著一个大轉彎，予離心力捽落去車跤，阿爸趕緊送伊去病院急救，才無造成悲劇。

會記得學生的老母後來掠兩隻大隻的白鵝來共阮阿爸說多謝。阮爸、阮母仔佮彼个查某人徛佇大門外低低的光線內，摸摸搦搦[48]規半工，白鵝佇邊仔真無耐心咧kā-kā叫。如今嘛袂記得到底最後是啥人的氣力較大。

初中佮高中，讀台中女中，著愛坐火車通學，嘛毋知影是按怎，若像逐工攏咧趕車。縱貫鐵路倚阮兜彼段，有一个急轉斡，火車若到彼个轉斡[49]，一定會先霆螺警告。逐工早起，我攏會拖甲火車霆螺以後，喙[50]內含一喙飯才開始用走的，攏是佇最後一秒鐘才勉強硤[51]起去。

講嘛奇怪，佮火車走相逐足足六年，竟然一擺嘛毋捌逐袂著，這馬想起來，嘛真正不可思議。硤火車是一个足驚人的經驗，車硤甲彼个程度，竟然從來毋捌考慮加掛幾个仔車廂，也是我到今仔日按怎想攏想袂通的。

高中的時，毋知影看著佗一本冊面頂記載，講孟姜女

---

48 摸摸搦搦（khiú-khiú-làk-làk）：拉拉扯扯

49 轉斡（tńg-uat）：轉彎

50 喙（tshuì）：嘴

51 硤（kheh）：擠

熱天納涼，因為葵扇落落去荷花池，伊擎手袂[52]，入池
抾[53]葵扇，予覕佇樹林仔內的萬喜良看著，不得不嫁伊。
閣講有一个女子佇差一點仔淹死的情形下，予查埔人用手
摸起來，轉到厝，隨共予查埔人摸過的彼肢手剁掉，以示
貞節。

　　我驚一趒[54]，清汗[55]直直流，佳哉風氣那開放矣，若
無，像這款挟車去學校，鼻仔拄目睭的，毋就規身軀攏著
剁了了，哪會當全身而退。

　　毋過，就算風氣比較較自由，畢竟猶是無遐爾仔開
放。尤其長年佇尼姑學校讀冊，共男女的關係看甲真緊
張，莫講佮查埔囡仔交談，一定會予人講閒仔話；就是佇
車頂真自然四界看，若準無細膩佮啥物人不幸四目相對，
卻毋閃，嘛會予人講袂見笑。

　　所以，車內雖然挟甲實thóng-thóng[56]，若好運有一塊
仔通徛，大部份的人攏冊提[57]咧讀，才袂犯嫌疑。尤其是
女中佮一中的學生上假仙，當然，我嘛包括佇內底。

　　坐車、挟車雖然真辛苦，其實，我是上無資格埋怨

---

52 擎手袂（pih-tshiú-ńg）：捲起袖子
53 抾（khioh）：撿
54 驚一趒（kiann tsit tiô）：嚇一跳
55 清汗（tshìn-kuānn）：冷汗
56 實thóng-thóng（tsa̍t-thóng-thóng）：形容塞滿、擁濟的樣子
57 提（the̍h）：拿

的。因為，當時三姊佇觀光號服務，會當申請免費的月
票，嘉惠眷屬。我足足坐六年免費的火車，會當講是受益
上濟。

三姊上火車服務的時間有一个週期，阮會當照固定的
週期推算出伊的班次。定定規家伙仔佇後壁門等待，共三
姊攕手[58]。三姊逐擺發薪水，就共薪水袋仔貯[59]幾粒仔石
頭，外面包一沿[60]塑膠紙，對車頂擲落來。有時仔，時間
算無準，擲落去鐵路邊的菜園仔內，甚至無細膩擲入去水
溝仔底。

這个時陣，就愛全家總動員，「上山落海」去搜
揣[61]。雖然有包塑膠紙，有時水猶是會洩入去，對水底摸
起來以後，著愛一張一張鋪佇天井曝[62]予焦[63]，這會用得
講是阮兜真特別的情景。

上好笑的是，這種攕手致意的方式，原本是親情的表
現，後來，竟然若親像傳染病全款潒[64]開。頭仔[65]是阿姊

---

58 攕手（iat-tshiú）：招手
59 貯（té）：放入
60 沿（iân）：層
61 搜揣（tshiau-tshuē）：搜尋、翻找
62 曝（phak）：曝曬
63 焦（ta）：乾
64 潒（thuànn）：蔓延、擴散
65 頭仔（thâu--á）：最初、一開始

的查某同事，佇阿姊無走車的時，代替伊攄手。紲落來[66]，是查埔的服務生，甚至司機。水螺一下霆，全攏走甲窗仔口抑是車門邊，向外攄手。

到尾仔，連定定期坐火車的旅客，嘛開始佇車窗仔邊來佮阮招呼。車跤的，嘛毋但[67]是阮兜的人囉，厝邊隔壁開始加入，車內車外、車頂車跤，好親像雪球咧輾[68]，人愈來愈濟，招呼愈來愈烈。佇固定的時陣，眾人全心攄手，真正是印證「相逢何必曾相識」。

考牢[69]大學彼年的歇熱，阮對彼个各種噪音交摻，猶閣予人留戀的厝搬走，換去一个安靜的所在。頭一暗去睏的時，煞感覺四界恬[70]甲驚人，若像聽會著家己喘氣[71]的聲，竟然規暝睏袂去。第二工，閬落來佮厝內底的人開講，每一个人攏感覺家己的嚨喉空哪會遮爾仔大，煞歹勢歹勢。

漸漸仔，老母罵人的聲音傷過響亮、收音機的音色原來閣清閣明……所有的聲音佇恬靜的空氣內底攏放大，連

---

66 紲落來（suà--lȯh-lâi）：接著、接下來
67 毋但（m̄-nā）：不只
68 輾（liàn）：滾動
69 考牢（khó-tiâu）：考上
70 恬（tiām）：安靜
71 喘氣（tshuán-khuì）：呼吸

我數年來慣勢以ngāu-ngāu唸來應喙應舌[72]的毛病，這聲[73]失去車聲的掩護，嘛予阮老母當場搣著。

考牢大學以後，我歡歡喜喜上火車，準備遠走他鄉，離別的心情較輸對家庭敨縛[74]的自由歡樂。毋過，一个磅空過一个磅空，歡喜沓沓仔無去矣，目屎直直流落來，台北已經咧欲到矣，我煞開始越頭看落南的列車。

大學四年，上大的向望猶原是火車。放長假，坐火車轉去厝裡。火車這頭是盼望，火車彼頭是毋甘，我佇遮爾矛盾的情感中，來來去去，竟然過了幾若冬。

有一年，期末考考了，行李早早就款好勢，佮同學佇前一工先買車票，寄送行李。當時，無能力坐對號快車，干焦買慢車而已。連這款較俗的慢車票都愛儉足久才儉有夠額。第二工透早，上落南的火車，車開到苗栗，列車長查票，煞宣布我的車票失效，理由是員林以北的車票干焦當日有效，員林以南，才會當前一工先買。

同學攏蹛佇南部，干焦我一个人愛重新買票。拄聽著的時，若親像去予雷舂[75]著，彼種狼狽的感覺，到今猶閣記甲清清楚楚，足毋願嘛足毋甘咧！上嚴重的是，橐袋

---

72 應喙應舌（ìn-tshuì-ìn-tsih）：頂嘴

73 這聲（tsit-siann）：這下子

74 敨縛（tháu-pàk）：鬆綁

75 舂（tsing）：劈、重擊

仔[76]底干焦賰幾箍銀，根本無夠閣補一張票。後來，若親像是幾个同學先鬥鬥咧[77]借我，才解決這條難題。回鄉的歡喜，予無情的現實打擊甲消失去，彼年的歇熱，過了真艱苦。

　　結婚生囝以後，我定定焄[78]囝仔轉去後頭厝[79]歇熱。逐擺，假期結束，決定轉去龍潭的前一暝，老母總是真慒心、真勢發性地。我定定因為款行李，無去顧著伊的心情。坐對號火車愛先對潭子坐公路局去豐原火車頭，攏是老母共我捾行李，送我去。一路上，兩人攏恬恬，毋知影欲講啥物才好。長期以來，母仔囝兩人若像毋捌像彼時遐爾貼心。「雙手抱孩兒，才知爸母時。」我是飼囝仔以後才更加體會老母的辛苦；彼當時，老母可能是年歲較大囉，已經無往過的堅強，佇等車的時陣，定定會看伊按呢毋甘搐搐。車來囉，阿母鬥共行李捾起去車頂，才閣緊落車，火車已經漸漸起行。我佮囝仔隔一个窗仔，佮阿母擗手。一向堅強的老母，定定佇彼陣目箍紅，甚至流目屎。

　　我的心若油咧煎，佇火車這頭送的，是我上親的阿母，佇火車彼頭等的，卻是囝仔上愛的阿爸。我佇火車

---

76 橐袋仔（lak-tē-á）：口袋
77 鬥鬥咧（tàu-tàu--leh）：湊一湊
78 焄（tshuā）：帶
79 後頭厝（āu-thâu-tshù）：娘家

頂，無神無魂，干焦會當恬恬仔流目屎。

　　歲月催人。自從買車以後，我正式告別坐火車的日子，到這陣已經幾若十年。火車行過的時，我定定停跤步，用目神思念坐火車的日子。彼个比火車較早到位的水螺聲，早就變成記持中上美麗的聲音。

　　火車行過的時，就予我餾[80]一下仔囡仔佮少年時的習慣，摸一下仔手，想一下仔爸母的愛、兄姊的情，閣有彼段永遠袂退色的囡仔時代！

華文原收於《今生緣會》（圓神，1987）

---

80 餾（liū）：重複、溫習

母親的灶跤

　　電話中，阮老母足受氣共我投[1]，講：「我好心陪恁
大嫂煮暗頓，伊竟然共我講：『媽！你按呢綴[2]來綴去，
我壓力足大的呢，根本都無法度好煮食呢！』伊按呢講，
害我足傷心咧！這馬，煮飯的時陣，我攏嘛四界賴賴
趖[3]，毋敢去灶跤共伊看。」

　　我聽了足毋甘。想著阮老母一生守護灶跤，上快樂的
享受，嘛不過是煮一頓豐沛[4]的料理等囡仔轉來食。如
今，淪落到灶跤行袂入去，心內一定萬分毋甘願。但是，
阮嫂仔嘛有伊的困擾，後壁定定有煮菜高手的一雙目睭金
金咧共伊看，確實嘛會感受真大的壓力。

　　我想來想去，想著一个好辦法，不如請老母起來台北
過年，予伊一個機會煮菜，複習一下仔入灶跤的滋味：
「媽，你來台北過年啦，替我煮食，我拄好欲去大考中心

1　投（tâu）：告狀、抱怨
2　綴（tuè）：跟隨
3　賴賴趖（luā-luā-sô）：到處晃來晃去
4　豐沛（phong-phài）：菜肴豐盛

改考卷，無時間準備年菜，你會使替我煮一下無？」

　　老母一下聽，是查某囝需要鬥相共[5]，無第二句話，隨款[6]行李來台北。

　　是講，總是82歲的人囉！我嘛袂當予伊傷忝[7]。所以，事先去飯店預訂幾个年菜：白切的雞肉、紅燒獅仔頭、筍仔紅燒肉、豬跤。老母聽著，有寡仔無歡喜，感覺家己無得著充分的信任，尤其是佇知影價數以後，更加受氣！認為飯店根本是咧搶人的錢，批評我毋知影勤儉，誠浪費。

　　我共伊解說半工，也猶無法度予伊莫掛意，伊講：「會佗忝！叫是[8]講我袂曉是無？82歲是佗老！」我驚一下，趕緊走出去改考卷，幾若工[9]攏毋敢佮伊討論年菜的問題。受氣還受氣，伊並無放棄！恬恬仔照原訂的計畫進行，完全無共我訂的年菜當做一回事。一擺閣一擺去佮賣雞的參詳，麻煩伊鬥相共掠兩隻生鵝。人嫌麻煩，本來無答應。過一工，閣講肯囉，我懷疑賣雞的彼个人看伊年歲大，膏膏纏，毋甘予伊失望。

5　鬥相共（tàu-sann-kāng）：幫忙
6　款（khuán）：整理
7　忝（thiám）：累
8　叫是（kiò-sī）：以為
9　幾若工（kuí-lō kang）：好幾天

　　第一回合的勝利對伊的士氣有相當的鼓勵。伊掠轉來
兩隻刣好的大鵝佮兩隻雞，麻煩阮翁將本來囥佇陽台面頂
的兩跤大鼎洗予清氣，開始進行大規模的煠[10]精牲[11]仔的
活動。

　　等我下晡對考場轉來，厝內已經變成細漢過年時的景
致：雞、鵝加起來攏總四隻，一列排開，囥佇入門的巷
路；桌頂另外閣有五條的三層肉倒佇遐，三隻煎過的白鯧
目睭金鑠鑠，看起來真鮮；貯[12]鹹菜筍乾、長年菜的兩跤
大鼎猶閣佇遐衝[13]煙。規厝內蓬蓬烌[14]。看著我入門，伊
滿面笑容卻歹勢歹勢講：「恁三姊、二兄攏著拜拜，我替
個攢[15]三牲。等一下，個會過來提。」

　　過年的列車好親像已經起行囉，毋過，看起來我完全
無插手的餘地。伊有時歡喜甲需要靠安眠藥才會當睏；有
時又閣忝甲猶未八點就倒佇膨椅睏去。這个年，伊佇灶跤
恢復青春，過甲誠歡喜！我這个查某囝閒閒仔，有通[16]食
閣有通啉，足快活。

---

10 煠（sàh）：水煮
11 精牲（tsing-senn）：畜生、家禽家畜
12 貯（té）：盛、裝
13 衝（tshìng）：冒
14 蓬蓬烌（phōng-phōng-ing）：煙霧瀰漫狀
15 攢（tshuân）：張羅、準備
16 有通（ū-thang）：有得

　　伊欲轉去的彼一工，萬分滿意共我講：「今年過年過了真歡喜！……毋過予你加足濟麻煩的，真歹勢！」

　　毋知按怎，我的目𥍉雄雄紅起來，遐爾單純的歡喜予人足毋甘，閣足感動。何況，我猶未共伊說多謝咧！哪會反倒轉來是伊共我說多謝咧？

華文原收於《五十歲公主》（九歌，2010）

農民曆佮咖啡

一改[1]罕見的大地動，予台中地區的民眾驚甲呸呸掣[2]，袂食袂睏，我專工共阮老母對台中接來台北覕[3]一下。有一工，嘛蹛[4]佇台北的屘[5]兄，毋知按怎，雄雄提出欲安神主牌仔的想法。

阮老母知影了後，自地動過就真少看著的笑容閣倒轉來矣，誠安慰共我講：「我本來嘛無想欲勉強伊，公媽一直是恁大兄佮二兄咧負責拜。我叫是恁屘兄新派，毋肯拜拜！想袂到伊竟然主動提起，我實在足歡喜，總算對祖先有交代囉！」

我掠做[6]安公媽牌仔是一件簡單的代誌。不過是拜一下以後，共祖先講一下仔台北的地址，抑是親身轉去台中厝內請公媽綴咧行就會使得。啥人知，無遐爾仔簡單，著

---

1 改（kái）：次
2 呸呸掣（phih-phih-tshuah）：嚇得發抖
3 覕（bih）：躲避
4 蹛（tuà）：住
5 屘（bān）：排行最後的
6 掠做（liàh-tsò）：以為

愛先看日子、準備牲醴佮各種拜拜的物件，另外，猶閣愛
佇紅紙面頂共來台以後各代祖先的名字抄落來，手續猶真
厚工。

　　阮厝兄轉去台中共公媽請起來台北的前幾工，阮二兄
忽然間敲電話來講：「我有去問過看風水的，伊講這禮拜
拜六的日子無好，是按怎欲選一个大凶的日子安神位！」
我共阮老母問講：「哪會按呢！是毋是北部佮南部看風水
的先生，看的是無全款的農民曆？」阮老母聽了共我反白
仁[7]，罵我烏白講。毋過，伊看起來嘛開始著急囉！

　　兇兇狂狂[8]叫阮翁共農民曆提出來檢查。阮翁講：
「啊，媽！厝內無農民曆呢！」急性的老母共我講：「按
呢去冊店買一本！」

　　彼陣，已經是暗時十點囉，我講：「明仔早起我才來
買！今仔日已經傷晏[9]囉，冊店攏關門囉。」

　　老母一下聽，真火大。伊足受氣講：「是按怎厝內無
一本農民曆！無農民曆是欲按怎過日子！」

　　我欲哭毋得、欲笑嘛毋得，回伊講：「是恁毋才有需
要農民曆，阮欲農民曆創啥物？阮也無欲拜拜，也無欲種
田啊……」

7　反白仁（píng-pèh-lîn）：翻白眼
8　兇兇狂狂（hiong-hiong-kông-kông）：慌慌張張
9　晏（uànn）：晚

　　老母發性地[10]！伊講伊較[11]想都想袂曉[12]，無農民曆的家庭是按怎！氣甲共我教訓，講：「農民曆敢干焦[13]是為著拜拜！無農民曆，若準你欲去看病人，你毋知影彼工是凶抑是吉！萬一日子無適合去共人看，結果因為按呢，病人煞死去！抑是共家己的身體拍歹去，敢毋是真毋值！」

　　因為無農民曆，母仔囝兩个人講袂直[14]。更加嚴重的是，第二工，老母毋管小地動猶未停過，包袱仔款款咧，堅持欲轉去台中。無農民曆，予伊足受氣！天才光爾，個囝婿予伊嚇驚甲四界去探聽、去買，而且做一下[15]參明年的農民曆攏買倒轉來，按呢，猶是袂當予伊改變伊想欲隨走的決定。

　　後來，我臆[16]，伊可能是為著一生的信仰無予人尊重咧氣惱。我雖然用上婿的笑面共伊賠罪會失禮，閣承認無農民曆確實對生活造成足大的困擾，猶是無法度消除伊的怒氣！後來，我只好送伊去坐車轉去。

　　下晡，我坐佇客廳愈想愈感覺人生足無意思！逐工盡

---

10 發性地（huat-sìng-tē）：發脾氣

11 較……（khah）：再怎麼……

12 想袂曉（siūnn-bē-hiáu）：想不通

13 干焦（kan-na）：只是

14 講袂直（kóng-bē-tit）：講不通

15 做一下（tsò-tsit-ê）：一口氣

16 臆（ioh）：猜

心奉待、認真侍候，竟然輸予一本農民曆！阮囝拄好對學校下課轉來，問我是按怎哪會看起來遮爾仔懊惱，是發生啥物代誌？我將經過自頭到尾簡單說明了後，真無奈講：「希望將來我老矣以後，毋通變做按呢！干焦為著一本農民曆就佮你受氣！」

阮囝笑笑仔，輕聲細說共我講：「媽！你袂按呢啦！放心啦！」

我聽了真安慰，感謝伊對個老母的腹腸[17]遮爾仔有信心。啥人知，伊竟然紲落講：「你袂為著一本農民曆佮我受氣啦！將來，你干焦會來阮兜，對我氣怫怫講：『哪有人曆內無咖啡的！無咖啡按怎會當過日子！這陣，敢有人無啉咖啡？無咖啡的家庭是欲按怎蹛落去啦！』」

華文原收於《讓我說個故事給你們聽》（九歌，2000）

---

17 腹腸（pak-tîg）：心地、心胸

老母的生日

80歲生日過了，阮媽媽忽然間變甲足愛過生日。生日猶未到的前一個外月左右，伊就開始佇言語中一直暗示。譬如講，過年的時，阮兄弟姊妹照例包紅包予伊，伊就足客氣講：「啊！定定提恁的錢啦，實在足歹勢！過年以後，隨閣是我的生日，到時，恁就毋免閣包禮囉，小生日仔嘛！無算啥物！」元宵節到囉，食圓仔的時陣，媽媽又閣講話囉：「現代人，節日滿滿是，恁這一代的人上可憐，予生理人無空無榫[1]舞甲誠厲害，一時仔生日，一時仔母親節，一時仔又閣是五月節，準若每一個節日攏總送禮，哪送會了！閣幾工仔，我過生日的時，恁就免閣送禮囉！」

我一向糊里糊塗過日子，無閒的時，定定袂記得這、袂記得彼。講老實話，伊逐擺提起，我就驚一趒，叫是已經錯過伊的好日子。好佳哉，伊無袂記得，過元宵以後，伊閣開始定定想來想去，不時佇暗時例行的電話中，講起

1　無空無榫（bô-khang-bô-sún）：形容沒有道理或沒有根據

伊遐的變來變去的計畫，譬如講：「既然是小生日仔，恁就免破費。恁兄弟姊妹攏總轉來厝裡，我來出錢，請恁出去食。」

「既然是小生日仔，就佇厝裡清彩[2]食食咧，恁大嫂準若驚油煙，我來煮！」

「恁大嫂親像根本都袂記得矣！伊既然無愛鬧熱，抑無[3]，我規氣[4]去台北，去你遐。啊你請恁兄姊攏總去台北，逐家較鬧熱。」

我看伊真要意[5]，規氣順伊講的做。約阮阿兄佮阿姊，同齊到台北阮兜來共伊做生日，一方面嘛趁這个機會鬥陣開講。

本來預定生日前一工去台中接伊起來台北，伊擋袂牢，時間猶未到，家己就先坐公路局的國光號來矣！我驚伊傷忝，去學校教冊進前，閣再三叮嚀伊講：「媽！無論如何這擺請你聽我的。你啥物攏毋免做，咱出去食！你的生日閣佇遮共人煮飯，別人會講閒仔話，你予我拜託一下啦！」

2　清彩（tshìn-tshái）：隨便

3　抑無（iah-bô）：要不然

4　規氣（kui-khì）：乾脆

5　要意（iàu-ì）：在意、在乎

　　老母笑笑無講話，我叫是[6]伊已經予我說服矣。哪知影對學校轉來以後，發現大勢已去！冰箱內底，生的、熟的各種食物已經買甲滿滿是。老母解說講：「來遮爾濟人，可能會蹛幾工仔，敢有可能逐頓攏出去食？無加準備寡仔物件哪會使得！」

　　我毋敢閣佮伊講落去，驚伊叫是我無歡迎人客加蹛幾工仔。

　　生日到囉！各路人馬攏來，我做主人的佇東區的一間高級餐廳訂位。老母三番兩次探聽我需要開偌濟錢，我驚伊嫌貴，毋甘得，刁故意[7]減一半報予伊知。

　　伊聽了，吐喙舌，講台北的生理人[8]根本是咧搶人！堅持人行政院長都咧焄頭[9]勤儉囉，咱老百姓有啥物資格浪費！歹面腔[10]予我看，詬詬唸，誠無歡喜，講：「以前，恁毋是定定講我煮的菜上好食，這陣，見過世面囉，就看袂起家己的老母！」

　　這个罪名，莫講我擔袂起，其他的兄姊嘛予伊嚇驚著！只好取消訂位，逐家攏佇灶跤陪伊閣煎、閣炒、閣

6　叫是（kiò-sī）：以為
7　刁故意（thiau-kòo-ì）：故意
8　生理人（sing-lí-lâng）：生意人、商人
9　焄頭（tshuā-thâu）：帶頭
10　歹面腔（pháinn-bīn-tshiunn）：壞臉色

煮。食飯的時陣，滿身重汗的老母真驕傲問講：「按怎？我的功夫敢會輸予遐的搶錢的餐廳！」

　　所有的人，攏全聲呵咾[11]講：「講耍笑！你喔，拍遍天下無敵手，阮是驚你傷辛苦！會當食著你煮的菜實在是太幸福囉！」阮老母的生日活動，就佇伊的汗水和囝兒的呵咾聲中宣告圓滿結束。

華文原收於《五十歲公主》（九歌，2010）

---

11 呵咾（o-ló）：稱讚

退的無予北風吹散的話

　　阮老爸過身已經20幾年，有時陣，我足煩惱家己若親像慢慢將伊放袂記得[1]。

　　阮老爸性情樂觀，伊負責趁錢[2]飼一家伙，雖然生九个囡仔，趁的無夠用的，但是伊安份做人，感覺無偷無搶、負責將薪水攏總交予太太，就算是仁至義盡。四常聽伊對面憂面結的阮老母講的話是：「啊我都共薪水攏總提轉來予你矣，啊無，你是欲叫我去搶銀行是無？」

　　伊平生無大志願，干焦定定講一寡仔逐家攏感覺無啥好笑的笑話，不時膨風囡仔的優良表現。以早，我讀台中女中的時，有當時仔黃昏下課坐火車轉去潭子，貧惰[3]行路轉去厝裡，我就揹[4]冊包仔去鄉公所等伊下班，請伊用鐵馬載我轉去。

　　彼陣，阮老爸只要看著穿台中女中綠色制服的我出

1　放袂記得（pàng bē-kì-tit）：忘掉

2　趁錢（thàn-tsînn）：賺錢

3　貧惰（pîn-tuānn）：懶惰

4　揹（phāinn）：用肩膀或背部來負載物品

現，定定歡喜甲用足大的聲音問我一寡仔有的無的學校的問題，目的其實是欲共同事展風神[5]。毋過，當伨多感年紀的我，足討厭伊按呢歕雞胿[6]，攏面臭臭，刁持[7]激面腔[8]予伊看；伊毋管，逐擺[9]猶閣是照常歡歡喜喜。

伊足愛行棋，四常去菜市仔門口揣人挑戰。有時一下去就規工[10]，中晝定定袂記得轉來食飯，逐擺攏是等天色暗囉，阮才奉老母的命令，去揣伊轉來。老母定定為按呢受氣，後悔只是叫伊去買幾枝蔥仔而已，蔥仔無買著，卻佇市場邊仔行棋行規工，惹出阮老母規腹肚的怨氣。

伊嘛真愛聽收音機內底的講古，聽到無暝無日，參我嘛隔一堵壁偷聽，然後，佇阮老母無佇咧的時，才偷偷仔佮伊討論。阮媽媽驚我偷看閒仔冊、偷聽講古，會影響成績，考無好學校，定定罵伊教歹囡仔大細，伊干焦共肩胛頭[11]衝[12]起來，笑笑，無講話。

我到國小五、六年，禮拜睏中晝，扴醒的時，定定哭

5　展風神（tián-hong-sîn）：炫耀

6　歕雞胿（pûn ke-kui）：原意吹氣球，引申吹牛

7　刁持（thiau-tî）：故意

8　激面腔（kik-bīn-tshiunn）：擺不好的臉色

9　逐擺（tȧk-pái）：每次

10　規工（kui-kang）：一整天

11　肩胛頭（king-kah-thâu）：肩膀

12　衝（tshìng）：上升，此指聳（肩）

袂煞，阮老爸若佇厝裡，會真有耐心共我偝¹³落去樓跤，對樓頂一坎¹⁴一坎行落來樓跤。每落一坎，就大聲講要笑向樓跤的人宣佈，講：「遮有一个愛哭的囡仔，恁逐家較緊來看喔！」

爸爸若無佇厝裡，才無這款待遇；阮老母馬上一支柴仔攑¹⁵咧衝上樓來共我嚇驚，伊慣勢¹⁶用柴仔共阮款待，老爸佇厝裡抑是無佇厝裡，阮的待遇完全無仝。

等我結婚生囝了後，阮爸猶是彼步舊套頭¹⁷，共阮查某囝藏佇棉被內底，對所有經過的人喝咻，講：「含文無佇厝裡，伊出去學校讀冊囉！恁毋通¹⁸來揣伊。」共伊的查某孫弄甲佇棉被內底嘻嘻嘩嘩。若無就是用粗粗的喙鬚去擼¹⁹個孫的面抑是頷仔頸，祖孫笑鬧甲天地攏咧欲反²⁰過來。

阮囝細漢的時，捌²¹偷提阿媽雁仔底的幾角銀去買愛

---

13 偝（āinn）：背人
14 坎（khám）：階
15 攑（giàh）：舉、拿
16 慣勢（kuàn-sì）：習慣
17 舊套頭（kū-thò-thâu）：老把戲
18 毋通（m̄-thang）：不要、別
19 擼（lu）：類似推的動作
20 反（píng）：翻轉
21 捌（bat）：曾經

食的鹹酸甜[22]。彼當時，踮佇後頭厝的我，發現以後，非常受氣，掠囡仔上樓去教示。竹篾仔[23]猶未拍[24]落，阮囝已經哭甲哀爸叫母。這時，忽然聽著阮老爸的聲音對樓跤大聲喝起來：「阿蕙啊！莫共伊拍啦！我細漢的時，嘛定定共阮老母偷提錢去買糖仔，囡仔攏嘛會按呢，用講的就好，你毋通共伊拍啦！……」

我生大漢後生的時，佇潭子外家厝做月[25]。歇睏日，阮翁坐火車對桃園轉來台中。拜一上班，攏是阮老爸騎oo-tóo-bái[26]載伊去趕火車轉去桃園上班。正月、二月天，天光微微，寒風刺骨，老爸攏那騎車那共阮翁交代，講：「做你放心！恁某佮恁囝無問題，阮會好好仔共個照顧，你只要認真上班就好。」

北風「嘩嘩」對耳仔邊吹過，無吹散伊的話，干焦吹紅阮翁的雙眼，嘛吹入伊心內上深的所在。伊定定共我講，遐的無予北風吹散的話，伊一世人都袂共放袂記得。

華文原收於《為什麼你不問我為什麼》（九歌，2012）

---

22 鹹酸甜（kiâm-sng-tinn）：蜜餞
23 竹篾仔（tik-bih-á）：薄而細長的竹片
24 拍（phah）：打
25 做月（tsò-gueh）：坐月子
26 oo-toó-bái：摩托車

彼年春天

彼年春天，我27歲，猶未結婚，阮老母足著急，四界拜託親情朋友鬥介紹。拄著人就推銷，干焦精差無擔去菜市仔秤斤喝賣爾[1]。媒人公、媒人婆一个閣一个，強欲共阮兜的戶橽[2]踏平去，大規模的相親活動就按呢宣布開始。

相親對我這款自命文明的女子來講，根本就是見笑代。毋過，阮老母講：「有才調[3]你家己揣，沒才調你就聽我的。」

阮確實也無啥物才調。談一場離離落落的戀愛，險險仔參小命都賠去。佇感情的處理上是完全無能，曷通[4]假勢？所以，逐个拜六，我就按上班的台北坐車轉去台中，準備應付禮拜日一場至二場的相親活動。

---

1 爾（niâ）：而已
2 戶橽（hōo-tīng）：門檻
3 才調（tsâi-tiāu）：本事
4 曷通（a̍h-thang）：哪能夠

　　閣較勢張身勢[5]的人一旦淪落到這種地步，嘛只有睹窮途末路的悲哀。我慢慢仔會當體會項羽佇烏江邊自殺的心情，只有用「天亡我也，非戰之罪」來剾洗[6]家己囉。

　　一寡仔委屈、一點仔討厭，閣較濟的是地老天荒的絕望。用這款心情發兵對看[7]，兩軍交戰，免講嘛傷亡慘重，定定刣甲對方片甲不留、無意無思轉去。幾擺落來，舞甲強欲袂當收煞[8]。阮母親大人誠不滿，口頭警告猶無夠，甚至受氣甲無欲佮我講話。

　　我一來驚阮老母受氣，二來也反省如此連累無辜，有傷溫柔敦厚的原則，才共規身軀的刺收淡薄仔起來，閣再講，凡事捷做[9]手會順，我嘛沓沓仔訓練出用平常心來對待的方法。

　　一个禮拜日的早起，又閣是例行的相親。我戇戇坐佇厝內，春陽一寸一寸佇玻璃門外徙[10]跤，一直到大隊人馬共塗跤的光線逼走，我才回神轉來。因為經驗豐富，我隨對彼陣人的肢體語言判斷出當事人是佗一位。一个瘦瘦躼

5　張身勢（tiunn-sin-sè）：故做高姿態

6　剾洗（khau-sé）：挖苦、諷刺

7　對看（tuì-khuànn）：相親

8　袂當收煞（bē-tàng siu-suah）：無法收場

9　捷做（tsiáp tsò）：常常做

10　徙（suá）：移動

躼[11]、生做不止仔[12]清秀的查埔人，扙好向腰[13]佇門外褪鞋，一手閣捾[14]一个包袱仔。

彼个包袱仔隨引起我的注意，我險仔大聲笑出來。對包袱仔的外觀看來，內底敢若是一盒餅抑是雞卵糕之類的禮物。是講，用包袱巾包金雞餅盒仔的行為，敢毋是古早阮阿媽彼个年代才有的代誌？

查埔人看起來嘛佮彼个包袱仔全款，舊式閣老派，西裝雕[15]咧，烏框的目鏡四四角角掛佇面的，有帶小可仔庄跤人的斯文，但是，我真緊就佇心肝內共伊否決，啥人願意嫁予一个阮阿媽彼个年代的人？

個入門以後，彼个笑詼[16]的包袱仔，就四正四正囥佇我佮伊中央的茶桌仔面頂。因為無聊，我足斟酌[17]共彼條巾仔詳細研究，包袱巾的花草是一欉松，松的下跤有一隻白鶴，面頂寫「松鶴延年」四个字。鶴的跤瘦抽瘦抽，頷頸長長，喙仔紅紅。

我愈看愈愛笑！一个穿T-shirt、吊帶牛仔褲的新派女

---

11 躼（lò）：形容人個子高

12 不止仔（put-tsí-á）：很、頗

13 向腰（ànn-io）：彎下腰

14 捾（kuānn）：手提

15 雕（tiau）：打扮、穿著

16 笑詼（tshiò-khue）：可笑、笑話

17 斟酌（tsim-tsiok）：仔細

子，予人介紹予一位穿西裝、結ne-kut-tái[18]、手頭閣揤一个「松鶴延年」包袱仔的舊式查埔人，敢毋是一个大笑詼？

兩爿的人馬講一寡五四三的應酬話。對天文講到地理，對地方建設講到登陸月球，逐家攏伫腦海內搜揣共同的話題，雖然是遮爾仔拍拚，談話猶是定定出現無聲的閬縫[19]，這時，有的就微微仔笑，有的就提杯仔起來假影認真唰啉茶。

好佳哉這類的場合，總是有喙水[20]好閣勢話仙[21]的人，伫短短的恬靜了後，隨閣會當推出新話題。台灣遮爾仔細，講來講去，總是會當揣著幾个仔共同熟似的朋友，牽來牽去，頭腦小可仔無清楚的人，隨就會絞入去這款纓纏[22]的人際關係，舞甲霧嗄嗄。

查埔人毋是一个厚話[23]的人，看起來真定著[24]，有時禮貌上提出一寡仔其實已經知影答案的問題來應酬。譬如「啥物學校畢業啦？」「佇啥物所在上班？」「會無閒

---

18 ne-kut-tái：領帶
19 閬縫（làng-phāng）：時間的縫隙
20 喙水（tshuì-suí）：口才
21 話仙（uē-sian）：閒聊
22 纓纏（inn-tînn）：糾纏不清
23 厚話（kāu-uē）：多話、多嘴
24 定著（tiānn-tiòh）：穩重

無？」「平常時做啥物消遣？」等等，應對猶算袂䆀[25]。

　　但是，當時的我是一个主觀真強的人，總是感覺按呢穿西裝、結ne-kut-tái來相親的人有夠俗[26]，莫講別項，干焦彼條「松鶴延年」的包袱巾仔，我就認定此人趣味無懸[27]。但是，阮老母的想法，看起來佮我無全款，是彼種「丈姆看囝婿，愈看愈可愛」的表情，我佇心內暗喝[28]不妙！

　　果然，談話接近煞尾，人客起身告辭，大隊人馬才行出門外，阮老母隨就問我對彼位查埔人的印象，我猶袂赴[29]表示，阮老母家己已經接落去講：「準若參這个你都看無上目，以後看啥人閣欲睬你！莫掠做[30]家己條件偌好，都27歲囉！……」

　　必須愛說明的是，佇老母幾十年來強勢的領導之下，伊的喜怒哀樂已經權威甲會影響全家的情緒，佇伊面前，我是毋敢傷[31]過放肆。但是，身經百戰了後，心內嘛毋是無怨言。

---

25 袂䆀（bē-bái）：不錯
26 俗（sông）：俗氣、土
27 懸（kuân）：高
28 喝（huah）：喊叫
29 袂赴（bē-hù）：來不及
30 掠做（liàh-tsò）：以為
31 傷（siunn）：太

　　自從開始安排相親，可能是因為誠煩惱查某囝嫁袂出去的緣故，一向好強的老母，忽然間，用低甲袂當閣再低的姿態來選囝婿。所有來相親的查埔人，伊若像無一個無滿意的。講話大舌是古意老實，弄喙花[32]的是活潑有元氣，矮人巧，大箍[33]的福相，穲[34]的是穲穲翁食袂空，無論如何嘛欲共我嫁出去的決心，予我敢怒煞毋敢講。

　　我拄想欲用「佗一个來相親的人你無滿意」來應喙應舌，忽然間聽著門外媒人婆細細聲仔問彼位查埔人：「欲焉小姐出去行行咧，進一步熟似[35]無？」

　　彼位查埔人用真低、真肯定的聲音講：「毋免！毋免！」

　　這款回答對阮老母的打擊比對我的傷害猶較大。我向伊做出「你看！曷毋是我講無愛爾，伊嘛對我無滿意啊！」的表情，老母的面色明顯變甲足歹看。

　　雖然男女雙方互相無意愛[36]，毋過，有經驗的人攏知影，佇這款亂操操的狀況，當事人的意見註定是上無力的聲音。兩个無歡喜、毋甘願的人，嘛猶是予親友的一台車

---

32 弄喙花（lāng-tshuì-hue）：花言巧語
33 大箍（tuā-khoo）：肥胖
34 穲（bái）：醜
35 熟似（sik-sāi）：認識
36 意愛（ì-ài）：愛慕

載咧，去到台中公園附近倒出來，阮兩人只好佇路邊相對相[37]，毋知影欲按怎。

演變到這个地步，好歹嘛著繼續搬[38]落去。既然兩人攏無心理負擔，代誌顛倒[39]較簡單。舞一早起，這時煞有寡仔「同是天涯淪落人」的共識。我想起無偌遠的圖書館若像拄好咧展「南張北溥」佮黃君璧先生的畫，規氣[40]提議來去。想袂到伊隨贊成，兩人那看、那開講。

我彼時少年愛展[41]，靠勢[42]佇雜誌社食頭路，外口的場面看袂少，對畫作有小可仔了解，就佇伊面頭前講大聲話。這个人真奇怪，一路上攏恬恬恬，干焦有時仔頭頕一下微微仔笑。

我掠做伊研究自然科學的，對文學、藝術一屑仔程度嘛無，規氣激恬恬，較免落氣。啥人知，伊是真人不露相，毋但研究真久，閣會曉畫幾筆仔，我彼工算是關帝爺面前弄大刀，這是後來才知的。

佇西餐廳簡單食一下中晝[43]以後，兩人攏無心閣繼續

---

37 相對相（sio-tuì-siòng）：互看

38 搬（puann）：演

39 顛倒（tian-tò）：反而

40 規氣（kui-khì）：乾脆

41 愛展（ài tián）：愛炫耀

42 靠勢（khò-sè）：仗勢、仗恃

43 中晝（tiong-tàu）：中午、午餐

落去，就分開。分手以前，伊講：「會使留予我台北的電話無？有閒的時陣去揣你？」

　　我心內偷偷仔歡喜，查某人虛華的毛病閣趖[44]出來矣。我會當無佮意伊，卻希望全天下的人攏愛我。

　　日子一工一工過去，規个春天都咧欲[45]走矣，這个人煞攏無消無息。拄頭[46]一點點仔無值得講出喙的希望，也佇無閒的生活中放袂記得。我猶原佮以前仝款，親像傀儡尪仔[47]，不時予阮老母安排去相親。

　　佇一个無安排任何相親節目的禮拜早起，我佇台北稅[48]的小套房內，當咧佮一大堆垃圾[49]衫捘挵，電話嘐起來，竟然是彼位松鶴延年的查埔人，伊大舌大舌邀請我佮伊同齊[50]食晝，我躊躇一時仔，就佇兩盆垃圾衫佮一位恬靜的查埔人之間做出選擇。

　　彼工，我穿一領黃色的洋裝去約會。入去到餐廳，我看著查埔人的目睭爍一下仔金光，伊講：「喂！你今仔日佮相親彼工看起來真無仝款呢，這領黃洋裝真婿喔！」

---

44 趖（sô）：爬
45 咧欲（teh-beh）：快要
46 拄頭（tú-thâu）：一開始
47 傀儡尪仔（ka-lé ang-á）：傀儡木偶
48 稅（suè）：租
49 垃圾（lah-sap）：髒
50 同齊（tâng-tsê）：一起

　　我愣一下仔，也好笑也好啼，這款話到底算是呵咾[51]抑是剾洗？我笑笑仔回答講：「原來你佮意這領黃洋裝，早若知影，我就共伊包起來，請別人提來予你就好。」

　　真濟代誌攏是後來才知影的，準若早知影，恐驚一生的命運攏會無全。這位看起來真古意的男子原來並無像伊外表遐爾仔老實。當時，伊閣佮另外三位也是相親來的女朋友交往。彼工，伊原本是約另外一位全款佇大學教冊的女朋友，啥人知，限時批去耽誤著，彼个朋友無收著批，竟然轉去南部，另外兩位女朋友嘛拄好攏出去。

　　伊按桃園專工來台北，就按呢孤孤單單，未免心有不甘。電話簿仔反[52]啊反，去予伊看著我的電話。就按呢陰錯陽差，兩个人的命運攏改變囉。

　　為怎樣電話號碼討去，煞攏無敲電話來約咧？我一直感覺奇怪，真久以後，伊才輕描淡寫解說：「喔，討電話號碼只是一種禮貌，予查某囡仔的虛榮心一屑仔滿足啊！當時，憑良心講，我是無想欲約你出去，你傷瘦，嘛毋是我佮意彼型。我想欲揣一个較溫柔的、斯文恬靜、肯轉去清水照顧阮老爸老母、上好是毋通有傷濟意見的，我想講你一定毋是這款查某人。」

　　我氣甲話講袂出來，可惜已經傷慢矣，佇相親彼年的

---

51 呵咾（o-ló）：稱讚
52 反（píng）：翻找

寒天，彼位男子，初次見面的時揹一个包袱仔來相親的彼位，已經糊里糊塗變做我的翁婿。

多年後，無意中，我看著彼位查埔人30歲時的日誌，拄好是我27歲彼年的春天。日誌面頂清清楚楚畫一張圖表，內底寫伊同時交往彼四位女子的芳名，名字下面是品行、個性、家世、學歷、習慣……等等項目，逐項算分，真科學，我的名字下跤的分數竟然是四个人之間上低的。

我想著彼年春天的種種委屈，感覺非常悲傷，忍袂牢[53]，哭出來。這張表對我的意義是，彼位查埔人予其他三位判出局，才輪著我來接收。

「我才無愛別人揀賰的。」我恨聲埋怨。

查埔人猶原用伊慢吞吞的聲音安慰我：「話毋是按呢講。應該是講，這種科學的物件看起來真科學，其實上無科學。有時陣，咱並毋知影講家己正經佮意的是啥物，所以，分數袂當準算[54]。」

這个似是而非的講法，聽起來真有哲理，何況面子嘛已經扳倒轉來，我就按呢受氣轉歡喜。雖然無王子佮公主遐爾羅曼蒂克的過程，兩人嘛從此快快樂樂過日子。

華文原收於《紫陌紅塵》（圓神，1989）

---

53 忍袂牢（lín bē tiâu）：忍不住
54 準算（tsún-sng）：算數、以之為準

亂操心

　　朋友對加拿大轉來，阮請個翁仔某[1]做伙食飯。講起家己的囡仔，逐家攏有講袂了的話，怨慼[2]的言語中，不時偷藏淡薄仔驕傲。朋友的查某囝，原本佇加拿大的藥商做行銷的工課，年薪佮分紅攏誠可觀。

　　「唉！好好仔的工課，竟然先斬後奏，共頭路辭掉，家己去開一間咖啡店。」朋友吐一个大氣[3]。

　　「真予人欣羨啊，這是足濟[4]少年女性的夢想啊。我本來嘛想欲較早退休，開一間咖啡店來耍耍咧。」我呵咾[5]個查某囝。朋友差一點仔就反白仁[6]予我看，我假嗽來掩崁[7]我的歹勢。

1　翁仔某（ang-á-bóo）：夫妻

2　怨慼（uàn-tsheh）：埋怨、不滿

3　吐大氣（thóo-tuā-khuì）：深深嘆氣

4　足濟（tsiok tsē）：很多

5　呵咾（o-ló）：稱讚

6　反白仁（píng-pe̍h-lîn）：翻白眼

7　掩崁（am-khàm）：掩飾、隱瞞

「好佳哉無了錢[8]。」朋友個翁趁話縫補充說明。「毋但無了錢，根本是趁足濟錢。重點是，伊按呢無結婚，趁遐爾仔濟錢是欲創啥？」朋友誠無歡喜。

原來，上重要的代誌出現囉，朋友為著查某囝猶未結婚佇咧操心。為著轉移這个予全天下的母親操心閣無奈的話題，我只好共阮查某囝拖出來做肉砧，閣掠阮囝出來罵罵咧：「阮查某囝嘛猶未結婚，這馬[9]的囡仔攏無仝款囉！阮大漢囝嘛是工課做甲真順序[10]的時陣辭頭路，走去南美耍一年。」

「敢是去食頭路？」朋友問。「去食頭路就好囉，講是去『壯遊』，思考伊的人生欲對佗位[11]去。」「啊！這佇歐洲真時行[12]，真濟人畢業了後無去食頭路，先去世界各地看看咧……喔……後來，伊敢想有欲按怎改變伊的人生？」朋友好奇來問。「毋知影，毋知影伊到底咧變啥魍[13]。」我真無奈按呢回答。

「後來咧？轉來以後伊閣有去創啥？」朋友問到底。「轉來了後，嘛是予個原本的頭家揣轉去。」「喔！」朋

8　了錢（liáu tsînn）：賠錢

9　這馬（tsit-má）：現在

10　順序（sūn-sī）：順利

11　佗位（tó-uī）：哪裡

12　時行（sî-kiânn）：流行

13　變啥魍（pìnn-siánn-báng）：搞什麼鬼

友明顯敧一口氣[14]，若親像感覺恁贏囉，至少恁查某囝趁
足濟錢。

　　朋友按[15]遠遠遠的加拿大轉來，我不忍心予伊無爽
快，也為著厝內嘛猶有一个猶未嫁的查某囝，將心比心，
我一句話忍牢咧無講：「毋過阮囝結婚囉，而且予我抱孫
囉。」

　　講著查某囝的終身大事，我定定若無要無緊[16]講：
「這陣毋嫁娶的囡仔遮爾仔濟，免著急，沓沓仔[17]來。萬
一嫁著歹翁，才是加無閒，不如莫嫁。」雖然也是真心
話，毋過實際上，有時仔嘛會佇言語內底透露心內小可仔
的操煩。

　　幾若工前，阮查某囝暗時應該是11點下班的，煞佇11
點10分左右敲電話轉來，講是出小車禍，oo-tóo-bái予轉
斡的轎車挵[18]著，伊跋倒的時陣，予家己的oo-tóo-bái硩[19]
著。好佳哉只是皮肉傷，毋過為著安全，去馬偕病院急診
室檢查一下，會較晏才會轉來。因為伊講話講了真清楚，
而且確定只是皮肉傷，我才放心。「愛我陪你去無？」我

---

14 敧一口氣（tháu tsìt kháu khuì）：鬆一口氣

15 按（àn）：從

16 無要無緊（bô-iàu-bô-kín）：無所謂

17 沓沓仔（tàuh-tàuh-á）：慢慢地

18 挵（lòng）：撞

19 硩（teh）：壓

問。「毋免，駛車的先生載我來的。」瓊瑤的小說雄雄
傱[20]入來我的腦海，我本底想欲問伊一捾[21]問題：「駛車
的彼位先生結婚未？……伊幾歲？……佗位食頭路？……
厝蹛佇佗位？……啊這馬遮晏矣，欲同齊去食一下宵夜
無？」

　　查某囝可能是共我的心事看透透，搶咧講：「彼位先
生佮個太太攏來矣。」我一下聽，馬上轉受氣，歹聲嗽[22]
共伊講：「我毋是共你講過矣，著愛較細膩咧！……既然
按呢，著愛會記得較早轉來咧。」

　　後來，佮朋友敲電話開講，忍袂牢，共伊講這个笑
話。朋友笑笑仔講：「兩年前，阮翁發生車禍，彼位惹代
誌的查埔，毋但送伊轉來，閣來共伊看幾若遍，實在是一
个誠懇閣周到的少年人，這陣，遮爾好的人已經真僫[23]揣
囉矣。」

　　毋知影是佗一條神經線絞無絤[24]，我竟然問伊講：
「彼个少年人結婚未？」伊講：「好親像猶未。」我聽一
下足憤慨，罵阮朋友講：「啊你這个阿姨是按怎做的！遮

---

20 傱（tsông）：跑
21 一捾（tsit kuānn）：一串
22 歹聲嗽（pháinn-siann-sàu）：用兇、不好的口氣
23 僫（oh）：困難、不易
24 絤（ân）：緊

爾仔好的少年人，攏無想著阮查某囝？」朋友大聲笑講：
「遮的話，你兩年前已經講過矣啦！」

「啥物？講過矣，你猶是攏無關心？」我更加不滿。
「我感覺猶未到佮恁查某囝有四配[25]的程度，干焦誠懇爾
爾。」「誠懇！誠懇是偌[26]珍貴的人品，你無牽線，哪會
知影有四配抑是無四配？姻緣有當時仔[27]是真歹講。」

「啊……啊！按呢喔，我是毋是閣去共伊問一下？」
朋友予我迫甲走投無路，毋知影欲講啥，只好掛電話。

彼秒鐘，我真正是歹勢甲[28]。我是按怎啦！莫非是食
毋著藥仔喔？毋但按呢，後來，又閣有一擺猶閣較歹勢。
厝內著賊偷，管區的佇阮報案了後無五分鐘就入門，問東
問西：「拍毋見[29]啥物物件？」「恁最後一擺佇厝裡是底
時？」「恁當時發見物件拍毋見去？」……阮攏老實講。

警官真少年，生做誠端正。問到一个坎站[30]，我歐巴
桑的症頭又閣夯[31]起來，問伊講：「啊你看起來真少年，
幾年次的？」警官無提防，應講：「我三十幾矣，無少年

---

25 四配（sù-phuè）：匹配
26 偌（guā）：多麼
27 有當時仔（ū-tang-sî-á）：有時候
28 ……甲（kah）：……得不得了
29 拍毋見（phah-m̄-kìnn）：遺失、搞丟
30 坎站（khám-tsām）：段落
31 夯（giâ）：發作

囉。」三十幾！太好囉。我歡喜一下，趕緊問伊：「你結婚未？」「猶未。」講煞，警官雄雄有戒心，反問我講：「咦？這馬敢毋是應該我來問案情，哪會變做你來問我？」

我看一下仔坐佇邊仔的查某囝，感覺真歹勢。今我是按怎啦，就算查某囝猶未出嫁，做老母的，敢著愛按呢遮爾仔猴相？我趕緊轉移話題講：「偷提足濟物件呢，好哩佳哉花園內底遐的檨仔[32]無予伊提去。」

警官越頭看外口，燈火下，幾十粒猶未到分[33]的檨仔若像真無辜，孝呆孝呆掛咧，伊綴話尾講：「看著恁遮的檨仔，煞去予我想著阮分局遐的荔枝，民眾送來的，一箱閣一箱，食甲逐家攏咧欲流鼻血。」

除了流喙瀾[34]以外，有一句話嘛予我硬留佇喙舌下跤：「食荔枝的代誌，阮會當代勞無？警察局佇佗位？就莫閣管遮的賊仔矣啦，叫阮查某囝隨綴你去搬荔枝好無？」

做母親，真正無簡單。厚操煩[35]是全天下老母的症

---

32 檨仔（suāinn-á）：芒果
33 到分（kàu-hun）：成熟
34 喙瀾（tshuì-nuā）：口水
35 厚操煩（kāu-tshau-huân）：多憂慮煩心

頭，尤其是序細[36]嫁娶的問題，無唎操煩的真少。我雄雄
想著古早，我差不多通好嫁的時陣，阮老母逐禮拜攏強迫
我佇拜六禮拜轉去相親的往事。

　　當時，相親的對象按醫生、老師、工程師、公務人員
到軍人……毋知阮老母是對佗位收集遮爾仔濟的未婚男
士。我若是佇電話這爿小可仔躊躇，伊隨共我罵：「有才
調，你家己來；無才調，就聽我的。」若親像無結婚是無
才情的證據，甚至萬惡不赦。

　　彼時我驕傲閣倔強，毋過拄著遮爾仔強勢的老母，嘛
是無法度；逐禮拜親像安排課外活動全款，拜六就轉去厝
裡相親。這馬想起來，真正是揤跋反[37]的過程。差不多的
台詞，無感情的笑容，無聊的應酬話，紲落來，毋是你予
人拒絕，就是你共人拒絕……最後，真忝囉，規氣清彩[38]
揀其中一個，就完成終身大事，親像佮人生跋大筊[39]。

　　講著跋，就靠運氣，講起來我的運氣猶算袂穤，有老
母為我做主裁，予我有機會提著一手猶袂穤的牌；如今時
代全無仝矣，個人主義徛頭[40]，啥人猶閣肯予家長做主去

---

36 序細（sī-sè）：晚輩、子女
37 揤跋反（tshia-puáh-píng）：反覆折騰
38 清彩（tshìn-tshái）：隨便
39 跋筊（puáh-kiáu）：賭博
40 徛頭（khiā-thâu）：居首

相親！何況就算相親猶原風行，做老母的我，又閣會當去佗位揣遐爾濟男士來佮阮查某囝來相親咧？

當年，阮老母對我婚事的操煩佮我如今對阮查某囝的操煩應該無精差，拄著就人講一个影隨生一个囝，想欲為查某囝拋網掠魚。毋過老母佮我上大的無仝款，相信也是關鍵的所在，就是我干焦有無影無跡的想法，伊卻隨講隨行，有足厲害的實踐的能力。

閣詳細想落去，當年遐的至少二、三十个拜六禮拜來佮我相親的對象，敢講攏是阮老母對路裡的車禍、厝內的賊案、抑是其他啥物機會中揣來的？

想到遮，實在著愛共阮老母講一聲：「予你辛苦囉！媽媽。」嘛越頭[41]共阮查某囝講一句：「真失禮！我做了無夠。……毋過話閣講倒轉來，這件代誌嘛袂當怨別人啊，啥人叫恁老母無阮老母遐爾仔厲害咧？」

華文原收於《老花眼公主的青春花園》（天下文化，2015）

---

41 越頭（ua̍t-thâu）：回頭、轉過頭

後來咧？

　　有一工我去聽作家夏曼‧藍波安（Syaman Rapongan）的演講，伊佇演講當中強調：「若是佮意[1]的冊，無共看煞是袂停的。」我大聲笑出來，果然！阮是仝類[2]。這予我想起一件趣味的代誌。

　　我的師兄林中明先生捌送我一本夏尚澄先生翻譯的小說《母親》，是賽珍珠女士寫的，阮翁搶咧看，一直看，一直講真精彩呢。

　　有一暝，我駛車，佮阮翁、阮查某囝三个人轉去台中。坐佇我邊仔的阮翁，忽然間為車頂的兩位女士，開始講起《母親》這本小說的故事。就佇彼暝，我第一擺發見其實阮翁的口才袂穤[3]，伊有條有理，共小說的彎彎曲曲攏講甲足詳細。

　　講啊講，竟然講到接近兩點外鐘，目一下瞌[4]，就欲

1　佮意（kah-ì）：喜歡、中意
2　仝類（kāng-luī）：同類
3　袂穤（bē-bái/buē-bái）：不錯
4　瞌（nih）：眨

到台中的厝囉，故事才拄好欲進入上[5]緊張的所在，查某囝開始著急，催侗[6]老爸講：「講較緊咧啦！咧欲[7]到厝矣啦。」

阮翁無受著影響，猶原維持原本的速度，講：「沓沓仔[8]來啦，無要緊，咧欲講煞囉。」紲落來[9]，佇一个真要緊的關鍵，女主角經過足濟[10]人生的拖磨以後，伊的細漢囝，竟然因為參加共產黨，欲予人掠[11]去銃殺[12]。這位老母親趕到監獄附近，當咧欲想辦法欲去救侗囝。阮翁煞講：「好囉！今仔日就講到遮[13]為止，後壁的我猶未看煞咧。」

「遮爾仔[14]緊張的發展，你無繼續看落去？」我好奇問伊。「無啊！因為彼陣已經10點半矣，我欲睏的時間到囉。」伊回答。「後來咧？有救出來無？」查某囝為著毋知影彼位母親有共侗囝救出來無，咧著急。

5　上（siōng）：最

6　侗（in）：她的

7　咧欲（teh-beh/teh-bueh）：快要

8　沓沓仔（tàuh-tàuh-á）：慢慢地

9　紲落來（suà--lòh-lâi）：接下來

10　濟（tsē）：多

11　掠（liàh）：抓

12　銃殺（tshìng-sat）：槍殺

13　遮（tsia）：這裡

14　遮爾仔（tsiah-nī-á）：這麼

「毋知啦，我猶未看著結局咧。」阮翁回答。

「免著急！等恁爸看了才閣講，故事應該猶足長咧。」

我替阮翁講話。「無真長啊！賭[15]三、四頁而已。」阮翁補充說明。

聽到遮，阮兩个查某人喙[16]攏擘[17]甲開開開，無法度合起來！遮爾仔緊張的狀況，伊竟然因為欲睏的時間到囉，就無閣繼續看落去！對結局一屑仔好奇都無？

「你一定有偷看結局啦，啊無，你就先共彼个結局講予阮知啊！」我提醒伊。

「無啦！我無按呢做，我袂偷看。我看冊一向照步來。我真正毋知影結局按怎！」

「干焦[18]賭三、四頁，你竟然一屑仔好奇都無？曷[19]無人夯[20]刀仔駐佇[21]你的頷仔頸威脅你共冊园[22]落來，你干焦因為睏的時間到囉，就無閣看落去？」我氣怫怫[23]問伊。

---

15 賭（tshun）：剩下

16 喙（tshuì）：嘴巴

17 擘（peh）：張開

18 干焦（kan-na）：只、只有

19 曷（a̍h）：又，表反問、質疑的語氣

20 夯（giâ）：拿、舉

21 駐佇（tū tī）：抵住、抵在

22 园（khǹg）：放

23 氣怫怫（khì-phut-phut）：氣沖沖

阮翁老神在在共我頕頭[24]，一屑仔歹勢嘛無。

我足受氣[25]的！世間竟然有這種人類！而且伊閣是我的翁婿，實在予人想袂到。

後來，又閣發生一件相𫝻[26]的代誌。有一工的黃昏，我去樓跤的美容院洗頭，一點鐘左右轉來，看阮翁佇灶跤提[27]一跤[28]鼎仔行過來、行過去。我詳細共伊看，發見鼎仔底有寡[29]水佮一尾魚仔。

「你是毋是講下昏暗的魚仔欲煮湯？」伊問我。

「是啊，就用我昨暗佇朋友的面冊看來的方法來做。」我接過鼎仔，共傷濟[30]的水倒寡仔掉，囥幾撮仔破布子，瓦斯開勻勻仔火[31]慢慢仔予伊煮。

紲落來，開始炒菜。阮翁佇邊仔講伊按電視面頂看來的新聞講：

「大陸有一个查某人，個翁失蹤十幾年，有一工，竟

---

24 頕頭（tìm-thâu）：點頭

25 受氣（siūnn-khì）：生氣

26 相𫝻（sio-siâng）：相像、相似

27 提（thèh）：拿、手持

28 跤（kha）：個，單位詞，用於箱子、鍋子等

29 寡（kuá）：一些

30 傷濟（siunn tsē）：太多、過多

31 勻勻仔火（ûn-ûn-á-hué）：慢火、小火

然予伊佇市場揣著[32]，而且禾[33]轉來厝裡。俉囝認為俉爸
爸較懸[34]，而且頭殼頂本來有一个疤嘛無去，這个人絕對
毋是俉老爸；毋過，這个查某人毋相信，堅持講這个查埔
人佮俉翁的面容太相全，是伊的翁婿無毋著[35]。兩个人
諍[36]來諍去，決定去驗DNA……」講到遮，阮翁忽然間停
落來。

「結果咧？驗DNA的結果按怎？」我那炒菜、那[37]好
奇問伊。

「猶未看著結果，你就抑電鈴囉。我一看天色已經真
暗矣，趕緊共電視關掉，入來灶跤，準備煮飯。」

聽到這，我嘛共瓦斯關掉，煎匙[38]提咧，問阮翁講：
「DNA的結果你無看就共電視關掉？遮爾仔重要的代誌，
你無看結果？你這个人哪會遐爾仔[39]奇怪！」

實在無法度閣忍耐落去囉！伊又閣來矣！頂擺讀賽珍
珠的《母親》，干焦賰三、四頁，故事的人物拄好面對生

---

32 揣著（tshuē--tiòh）：找到

33 禾（tshuā）：帶

34 懸（kuân）：高

35 無毋著（bô m̄-tiòh）：沒有錯

36 諍（tsènn/tsìnn）：爭執、爭辯

37 那……那……（ná……ná……）：一邊……一邊……，指動作同時

38 煎匙（tsian-sî）：炒菜的鍋鏟

39 遐爾仔（hiah-nī-á）：那麼、那麼地

死存亡的關頭，伊因為欲眠的時間到囉，無看結局，電火禁咧、做伊去眠；這擺，DNA的檢驗結果都猶未出來咧，干焦因為我轉來，伊就共電視關掉！伊是按怎？

　　對結果完全無咧關心的查埔人，實在毋知影按怎對待伊才好。彼个可憐的查某人到底有揣著伊翁無？敢講阮翁一屑仔人道關懷都無！我嫁這種人到底有啥物路用？

　　「因為時間真晏[40]矣，袂記得煮飯，一時心急，就行入來灶跤，毋過嘛毋知影欲做啥，干焦會記得你若親像講魚仔欲來煮湯！但是，欲按怎煮，嘛猶未想好啊……你人就轉來矣！」

　　看來，以後的日子，我著愛沓沓仔慣勢[41]聽這款無結局的故事囉。

　　　　　　　華文原收於《為什麼你不問我為什麼》（九歌，2012）

---

40 晏（huànn）：晚、遲
41 慣勢（kuàn-sì）：習慣

送予妹妹的虹

櫻花樹跤的露營

學生寄來一張真媠[1]的卡片，內底寫滿感謝的言語。卡片的正面，是一欉粉紅仔色的櫻花，粉紅的花蕊中間閣掖[2]足濟閃爍的金粉。兩歲十個月的大查某孫海蒂看著，問我講：「這是欲送予啥人的？」我講：「這是學生送予阿媽的。」

「為啥物伊欲送你卡片咧？伊愛你是無？」伊追問。我一時毋知欲按怎回答，但是，按卡片內底學生寫甲滿滿的感謝，海蒂的說法應該嘛無精差，所以，我就大膽推論：「應該是啦。」

海蒂看起來真佮意這張卡片，一直綴咧問東問西：「這欉是啥物樹仔？」「是櫻花。」「櫻花為啥物會發光？花內底敢有燈仔火[3]？」「無啦，因為日頭照著反

1 媠（suí）：美麗、漂亮
2 掖（iā）：灑
3 燈仔火（ting-á-hué）：燈

光，感覺好親像爍咧爍咧，咧發光。」

　　我知影這是伊欣羨物件的習慣性表達。阿媽疼孫，我將卡片內底獨立的一張有寫字的薄紙小心拆落來，將有印櫻花的有[4]卡片轉送予伊。

　　伊足歡喜，閣明知故問：「阿媽為啥物欲送我？」「你講咧？」「因為阿媽愛我。」按呢就著囉，我講：「學生愛我，所以送我卡片；我愛你，知影你佮意[5]這張真婿的卡片，所以，共伊轉送予你；但是，內面學生寫予我的字誠寶貴，我欲家己保存起來。」

　　伊卡片提咧[6]，愣愣想一時仔，然後，提伊慣勢[7]用的迫迌物仔[8]計算機，佇面頂揤[9]來揤去，那揤那講：「這是阿媽送予我的愛心，我欲好好仔保管，這馬我共伊記起來。」伊一向提這个計算機當做記錄伊人生重要代誌的iPad。

　　我講：「這欉櫻花足大、足婿，咱會當假影佇櫻花下跤[10]散步。」海蒂隨學起來並且補充講：「阿媽會當佇樹

4　有（tīng）：硬
5　佮意（kah-ì）：喜歡
6　提咧（thėh--leh）：拿著
7　慣勢（kuàn-sì）：習慣
8　迫迌物仔（thit-thô-mih-á）：玩具
9　揤（tshìh）：按
10　下跤（ē-kha）：下面、底下

仔跤講古予我佮妹妹聽。」伊共卡片竚[11]佇桌頂，卡片徛咧[12]，若一頂露營的布篷仔仝款，向兩邊弓開[13]。海蒂講：「咱猶閣會使睏佇布篷仔下跤，攑頭[14]看櫻花呢。」然後，伊軁[15]入去透明的玻璃桌仔下跤，攑頭假影[16]佇櫻花樹仔下跤賞花。

「真正是無可限量的聯想啊！」我佇心肝內呵咾以外，規氣加倍建議講：不如共恁妹妹嘛攑來，同齊倒佇冊房的膨椅[17]眠床頂，將卡片提懸懸，掩佇咱三个人的頭殼頂，開始露營起來。

人生的第一張批

七個月後（海蒂三歲五個月）的一个黃昏，妹妹諾諾烏白搜我的皮包，攑出一張佮媽媽寫予我的卡片。姊姊海蒂看著，好奇問我講：「這是啥物？」「恁媽媽寫予阿公、阿媽的批[18]啊。」「為啥物媽媽欲寫批予阿公佮阿

---

11 竚（tshāi）：豎立
12 徛咧（khiā--leh）：站著
13 弓開（king--khui）：撐開
14 攑頭（giàh-thâu）：舉頭、抬頭
15 軁（nǹg）：鑽
16 假影（ké-iánn）：假裝
17 膨椅（phòng-í）：沙發
18 批（phue/phe）：信

媽？」「因為阿公、阿媽最近定定照顧你佮妹妹，媽媽特別寫卡片多謝阿公、阿媽。」

「面頂寫啥物咧？」伊真好奇。阿媽真神祕，佇伊的耳空邊細細聲講：「這本來是祕密喔，毋過，既然你想欲知影，我就共祕密佮你分享。」我共批唸出來予伊聽。

海蒂聽了以後，想半晡，問：「感謝的時，就會當寫批是無？」「是啊，歹勢當面講的話，會當用寫的；準若傷遠，無法度見面，嘛會用得寫批，請郵差鬥送去。」

海蒂閣想一下仔，忽然共阿媽講：「若按呢，我嘛想欲寫一張批，毋過，我袂曉¹⁹寫字。」阿媽熱心表示願意代筆，免費提供服務。伊講伊想欲寫批予伊的兩位好朋友Brooke佮QQ。所以，伊用喙講，請阿媽替伊記落來。以下就是伊生平所寫的第一張批：

「Brooke佮QQ

多謝恁來阮兜²⁰耍醫生組的迌迌物仔。我欲做一粒飯丸予恁兩个食。海蒂敬上」伊閣佇批的上尾，畫一个愛心佮一粒飯丸。

批寫了，伊愈看愈滿意，隨開始穿衫、換鞋，彼張批提咧就欲去寄。阿媽共伊講：「你也毋知影Brooke佮QQ的地址，郵差無法度好替你送。……抑無按呢啦，阿媽共

---

19 袂曉（bē-hiáu）：不會
20 阮兜（guán tau）：我家、我們家

你鬥相共[21]，貼佇面冊頂，邀請Brooke佮QQ上面冊來看好無？」

面冊貼出海蒂所寫的第一張批了後的兩點鐘，Brooke的媽媽Apple佇我的面冊面頂，貼出Brooke對海蒂深情的回覆：「Brooke足想海蒂喔！多謝海蒂姊姊！」而且附一張Brooke對電腦說多謝的相片。海蒂毋但歡歡喜喜，而且萬分慎重，親身[22]共電腦面頂的讚抑落去。

閣過半點鐘，這張批的下面，QQ的媽媽Amy嘛佇面冊頂送一張飯丸的相片來，寫講：「QQ講這是欲送予海蒂姊姊的飯丸」。海蒂目睭金起來，抑讚，閣慷慨招個妹妹坐佇電腦頭前，兩人輪流假影提電腦頂的飯丸食。面冊頂的朋友熱情響應，攏講：「阿媽加一項代書的工課囉。」

送予妹妹的虹

無疑悟[23]海蒂享受著用批佮卡片參人溝通的好滋味，決定繼續落去。差不多一個月後（海蒂三歲六個月）的一

---

21 鬥相共（tàu-sann-kāng）：幫忙
22 親身（tshin-sin）：親自
23 無疑悟（bô-gî-gōo）：不料、想不到

个下晡，妹妹咧睏中畫[24]，伊無議量[25]，佇佪阿姑的陪同下，畫一張虹。伊聯想著往事，真歡喜，提彼張家己畫的圖，走來冊房，共阿媽展：「這是我欲送予妹妹的虹。」

我做出驚喜的表情，講：「哇！遮爾仔好，諾諾遮爾仔幸福，有姊姊按呢疼伊、愛伊。」海蒂真歡喜講：「我想欲佇面頂寫字呢。阿媽會當鬥相共無？」

我講無問題啊，紲手[26]提一枝筆，問伊欲寫啥物？海蒂講：「這擺，我無愛阿媽寫，我欲請阿媽鬥相共。」伊選一枝紅色的粉彩筆先佇邊仔的紙頂試色水[27]。我講一般袂當用紅色的筆寫別人的名，按呢歹吉兆[28]；伊換一枝黃筆，寫幾筆，無明；又閣換一枝藍色的原子筆。

伊講：「我來唸，你教我寫。」伊用手比請我掠伊的手寫，伊想欲家己親身來。我共伊小小的手掠咧，寫落去伊唸的一句話：「送予諾諾的虹海蒂敬上12.27」

過半點外鐘久，妹妹醒來，佇後壁的房間吼[29]。海蒂一馬當先，趕緊捧這張圖走去揣諾諾。想袂到當咧吵鬧的

---

24 睏中畫（khùn-tiong-tàu）：睡午覺
25 無議量（bô-gī-niū）：無聊、沒事做
26 紲手（suà-tshiú）：隨手、順手
27 色水（sik-tsuí）：顏色
28 歹吉兆（pháinn-kiat-tiāu）：不吉利
29 吼（háu）：出聲哭

妹妹，手一掰[30]，共伊彼張圖掰落去眠床跤。毋但按呢，諾諾閣大聲喝[31]：「我無愛[32]啦！無愛啦！」姊姊足傷心，按眠床跤共圖抾[33]起來，受氣講：「以後攏無欲送你矣啦，為啥物擲[34]掉我的虹？」

阿媽那[35]共咧哭的妹妹抱起來，那共姊姊開破[36]：「妹妹毋是刁工[37]的，伊猶未精神，猶咧做眠夢。等伊完全清醒，就會多謝你畫遮爾媠的虹送伊。」姊姊聽袂落去，嚨喉滇[38]、目箍紅講：「伊都講話矣，哪會是還未睏醒？」啊！面對這款人生無法度避免的困境，阿媽嘛無言相對！

我忽然間想起豐子愷〈做父親〉一文中的感慨。文章大約是講春天的早起，厝內底幾个拄咧看冊、繪圖的囡仔，聽著有人咧喝咻賣雞仔囝[39]的聲，筆擲咧就從出去，伊嘛綴落去樓跤的門外，佮擔擔仔叫賣的人講價，囡仔卻佇邊仔用足想欲買的眼神共伊催，一直喝：「買啦！買

---

30 掰（pué）：撥
31 喝（huah）：叫喊
32 無愛（bô ài）：不要，常合音唸作buaih
33 抾（khioh）：撿
34 擲（tàn）：丟、丟棄
35 那……那……（ná……ná……）：一邊……一邊……
36 開破（khui-phuà）：解釋、提點
37 刁工（thiau-kang）：故意
38 嚨喉滇（nâ-âu-tīnn）：哽咽
39 雞仔囝（ke-á-kiánn）：小雞

啦！」最後，買賣無成功，叫賣的人擔仔擔咧走去，幾个囝仔煞大聲哭起來。

　　伊本來想欲教囝仔談判的機巧，講：「看著好的，喙裡愛講無好；想欲買的時，愛講無想欲買，按呢才會當講價成功。」但是，佇一片天真爛漫、光明正大的春景中，伊講：「世間哪會當容允一个按呢教囝的老爸存在咧？」

　　仝款，佇這个懵懂的黃昏，哪通予我共一个三歲外的囝仔解說講：「將來，比這層較無順意的代誌猶閣足濟咧，你著設法學習去接受反起反倒[40]的人際！」

華文原收於《送給妹妹的彩虹》（九歌，2016）

---

40 反起反倒（huán-khí-huán-tó）：變化無常

人生哪會遮爾仔譀古

毋是冤家

中晝，佇日本京王飯店集合，坐巴士去機場。上車以後，阮就坐落去第二排。無偌久，就發現頭前坐第一排的一對老阿公佮老阿媽，車猶未開，個就開始答喙鼓。

阿媽講：「啊咱彼跤貯[1]迌迌物仔的塑膠袋仔囥佇佗位？」

阿公講：「啊你家己毋是收佇咧大跤皮箱內底，才偌久爾[2]！就袂記得。烏白番！」

阿媽講：「啊問一下，是會按怎！你這个人實在足無量的。」

過兩分鐘以後，阿公可能後悔家己傷[3]粗魯，刁工無話揣話問阿媽：「啊彼个……咱彼个護照有佇咧無？」

阿媽講：「啊有啦！免閣唸矣啦！予我拜託一下！家己著愛愛惜家己，毋通按呢假鬼假怪！」

1 貯（té）：裝、盛
2 爾（niâ）：而已
3 傷（siunn）：太

　　差不多閣過一分鐘，阿媽可能感覺家己拄才[4]傷刺[5]，開始釋放善意，變甲足溫柔講：「啊你坐佇頭前，安全帶著愛結[6]咧呢，愛我共你結無？」阿公無好聲嗽[7]，講：「啊免啦！阮家己敢就袂曉，著愛你按呢假細膩！」

　　閣過三分鐘，換阿公有淡薄仔後悔，輕聲細說問阿媽：「你敢是會眩車，敢有食眩車藥仔？」阿媽無好面腔[8]予伊看，共伊唱聲：「你做你的啦，我做我的啦，咱田無溝，水無流，你莫管我！從今以後，我嘛莫睬[9]你啦！」

　　這對老夫妻到底是按怎！互相激氣[10]、求合、受氣[11]、才閣司奶[12]……是欲用這種奇怪的方式來共同度過人生最後的歲月是無？

　　後來，我感覺小可仔疲勞，目睭漸漸裼[13]袂金，煞睏去。醒來的時陣，若像聽著阿媽咧講話：「咱這擺後來無

4　拄才（tú-tsiah）：剛才

5　刺（tshiah）：兇

6　結（hâ）：繫上

7　聲嗽（siann-sàu）：語氣、口氣

8　面腔（bīn-tshiunn）：臉色

9　睬，應為插（tshap）：理睬

10　激氣（kik-khì）：賭氣、嘔氣

11　受氣（siū-khì）：生氣、發怒

12　司奶（sai-nai）：撒嬌

13　裼（thí）：張開、睜開

去買皮包，啊錢包咧？」阿公失去耐性：「啊錢包！我毋是提予你保管！這陣閣來亂！你實在番袂了！」

想起來，這對可憐的老翁仔某，這逝[14]旅行毋知食偌濟苦！干焦[15]揣物件就有夠個兩个來捙盤[16]！

最後看著這對老阿公佮老阿媽，是佇東京機場的華航櫃台。阿公用足扭掠[17]足婿氣的日語佮地勤小姐講話，紲落來，可能是為著欲佇遐的[18]婿噹噹的姑娘仔面頭前，表現伊的紳士風度，伊用佮頭拄仔完全無仝款的溫柔口氣，越頭共個太太講：「啊！伊講咱的位是畫佇中央彼排，按呢，敢會使得[19]？」

阿媽面色誠穩，隨就共伊回講：「我哪有啥物問題，坐佇佗位攏嘛無要緊，厚屎[20]的人是你，你無問題我就無問題啦！」

（2013）

---

14 逝（tsuā）：趟

15 干焦（kan-na）：只有、光是

16 捙盤（tshia-puânn）：反覆爭論

17 扭掠（liú-lia̍h）：流利、敏捷

18 遐的（hia--ê）：那些

19 會使得（ē-sái-tit）：可以、可行

20 厚屎（kāu-sái）：指人麻煩、難搞

神奇的相拄

佇滴滴答答的雨聲中，好親像聽著電鈴聲咧吼。阮翁恐驚外口有人會予雨淋著，無問是啥人，趕緊掶開大門。我嘛趕緊揬開紗門、穿淺拖仔出去看。一个騎oo-tóo-bái[1]的查某人，差不多50歲左右，對門外看入來內底。

伊講：「阿勇仔是蹛佇遮是無？」阿勇仔？我佇腦海中搜揣，越頭用眼神問阮翁。

「阮兜[2]無叫『阿勇仔』的人呢，你恐驚是揣毋著所在囉！」阮翁對伊講。

「遮敢毋是大慶街100號？」查某人問。

「是100號無毋著啦，但是，這內底並無你講的阿勇仔呢。」阮翁補充說明。

「喔！哪會按呢！啊無[3]，這个阿勇仔是蹛[4]佇佗位？」

1　oo-tóo-bái：摩托車
2　阮兜（gún tau）：我們家
3　啊無（ah-bô）：不然
4　蹛（tuā）：住

　　「我嘛毋知。」我差一點仔共伊會失禮，我正經毋知影阿勇仔是啥物人。伊這月看看咧、彼月lau-lau⁵咧，想了閣想，最後只好死心。

　　「歹勢！我可能揣毋著所在。我本來是欲送一寡⁶家己厝裡種的菜予阿勇仔個老母，這陣，既然無揣著伊，啊無就送予你一粒匏仔。」講了，伊對oo-tóo-bái頭前掛咧的足濟塑膠袋仔中間揣一个出來，內底有一粒足大粒的匏仔。我無法度推辭，只好共伊收起來。

　　對彼陣開始，伊就佮我對頭仔講起，講是原本挽⁷一寡菜，欲騎車對台中送去豐原予個妹妹；想袂到個妹妹佮妹婿攏總出去；只好翻頭⁸到想欲去的第二站——潭子的阿勇仔個厝。這聲⁹參¹⁰阿勇仔也無揣著矣。

　　我問伊講：「啊你以前敢¹¹捌¹²來過？哪會揣無？」伊講阿勇仔頂個月才搬厝，予伊新地址，伊一路揣過來。講啊講，閣共原本掛佇oo-tóo-bái面頂另外幾个塑膠袋仔攏

5　lau：漫步

6　一寡（tsit-kuá）：一些

7　挽（bán）：採、摘

8　翻頭（huan-thâu）：折返、掉頭

9　這聲（tsit-siann）：這下子

10　參（tsham）：就連

11　敢（kám）：是否

12　捌（bat）：曾經

總敨開[13]，講：「啊無規氣[14]攏總送予你啦！家己種的，穤穤仔[15]，你毋通棄嫌。」

無緣無故，對天外飛來遮爾仔大堆的菜。毋過，伊都按呢講矣，我若是毋肯收，恐驚會予伊誤會是棄嫌。彼陣拄仔[16]中晝12點。這个查某人這時陣揣阿勇仔的老母，應該是準備佇阿勇仔個兜食中晝的。

「啊無，你莫棄嫌啦，入來同齊食一个簡單的便飯啦！」我邀請伊。

雨，忽然間大起來，ping-phing-phiàng-phiàng[17]，一直削落來。伊驚予我強強共伊留牢咧！講毋免啦，我講：「無要緊啦，無你上少嘛入來覕[18]一下仔雨咧！」伊毋肯，車踏落、油門催落去，雨幔[19]幔[20]咧，趕緊逃生。我對後壁足大聲共伊叮嚀講：「雨足大的呢，你騎車著愛較細膩咧喔！」

伊走矣，我轉去灶跤，拍開所有的塑膠袋仔。攏總有

---

13 敨開（tháu--khui）：解開

14 規氣（kui-khì）：乾脆

15 穤穤仔（bái-bái--á）：醜醜的

16 拄仔（tú-á）：恰好

17 ping-phing-phiàng-phiàng：狀聲詞，這裡形容大雨聲

18 覕（bih）：躲

19 雨幔（hōo-mua）：雨衣

20 幔（mua）：披衣的動作

以下一大堆的菜：匏仔兩條、西洋菜五欉、刺瓜仔[21]三條、秋葵20外條佮一小面桶的四季豆，足足會當食甲5月底囉。

　　雨中即景，會當講是今年熱天上神奇的相拄。

（2013）

---

21 刺瓜仔（tshì-kue-á）：大黃瓜

攏是商孰害的？

大約20年前，捌[1]佇一个集會中，拄著一位充滿好奇心的怪阿婆，朋友共我介紹予伊，伊隨就開始問一大捾[2]我完全無法度控制的問題，伊講：「你佇大學教冊？袂穤喔！佇佗一間大學？……佇大學教冊每個月會當領偌濟薪水啊？」

「薪水袂穤喔！先生佇佗位上班？」「中科院喔？聽講彼爿[3]的薪水真懸[4]，會當領偌濟錢啊？」「按呢，恁兩人攏咧趁錢，需要提錢予恁大家官[5]無？」「啊後頭厝[6]咧？恁後頭厝的爸母攏猶佇咧無？需要恁的薪水鬥補貼無？」「恁敢有囡仔？……幾个？……兩个喔？……查埔抑是查某？……大漢的是查埔抑是查某？……攏讀冊未？查埔的讀幾年？……查某的咧？……像恁遮爾仔巧的

---

1 捌（bat）：曾經
2 捾（kuānn）：串
3 彼爿（hit-pîng）：那邊
4 懸（kuân）：高
5 大家官（ta-ke-kuann）：公婆。大家是婆婆，大官是公公
6 後頭厝（āu-thâu-tshù）：娘家

人，敢無閣想欲生一个？」

「恁厝蹛[7]佇佗位？……中正紀念堂邊仔喔！喔，地點袂穩喔！這陣，彼角勢[8]一坪會用得賣偌濟錢？恁厝有幾坪？……哇！按呢，買落來攏總著愛幾若百萬呢！恁七少年、八少年就有法度買遮爾仔貴的厝，實在真厲害喔！」

親像水道頭[9]冗去[10]全款，伊一个問題接一个問題，數學算甲閣緊、閣準，完全無予我一點仔思考抑是回絕的時間佮空間，遐的問題就親像捲螺仔旋[11]全款，你一旦泅到邊仔，真緊就會予伊捲入去，有一種奇怪的引力，予人一下無張持[12]，就會綴咧對答。彼工，轉去的途中，我一直煩惱家己敢是去予人放符仔？若無，配合度哪會遐爾仔懸！

彼擺的經驗，予我印象真深。我一直思考，彼位老阿婆遐爾仔詳細問袂煞，到底是為啥物？我佮伊非親非故，伊看起來嘛並無共我借錢的需要，竟然探問我的家世背景佮家庭經濟，實在真超過！

7　蹛（tuà）：住

8　角勢（kak-sì）：地方、一帶

9　水道頭（tsuí-tō-thâu）：水龍頭

10　冗去（līng--khì）：鬆掉

11　捲螺仔旋（kńg-lê-á-tsn̄g）：漩渦

12　無張持（bô-tiunn-tî）：不小心、沒注意

　　有一工，我佇學校教冊，讀到韓非子〈定法〉，講著「申子未盡於術，商君未盡於法」的時陣，不可避免講起商鞅變法。忽然間，頭殼內閃過一个想法！哈哈哈！總算予我揣著兇手囉！商鞅！無毋著！就是商鞅害的！華人愛窺探別人的私事，果然有傳統。

　　商鞅為著實施君主統治，頒布連坐法。「五家為保，十家相連」，規定一家有罪，其他各家若準是無檢舉，全款是犯罪。

　　軍隊內，五人編為一伍，登記佇名冊頂頭，一个人逃亡，其他四个人著愛受罰。也就是講，就算你本人無犯罪的行為，但是，因為佮犯罪者有某種關係，就會受著牽連。

　　這真正是不得了的代誌！厝邊隔壁的家庭人口、收入支出、人際關係，無探聽清楚敢會使得！糊里糊塗去予伊連累著，敢毋是太冤枉？

　　若準恁厝明明收入干焦有夠勉強應付食穿爾爾，客廳雄雄出現一台42吋大電視，佮你編佇全一个單位的厝邊，無小心提防敢會使得？若是貪汙來的，厝邊去予伊連累著，一判就是幾若冬，才是算袂和[13]！萬一明明厝內，只有一對國中階段的囡仔，半暝，無細膩煞傳出嬰仔的哭

---

13 算袂和（sńg-bē-hô）：不划算

聲，真有可能是因為伊傷講義氣、毋驚死，像戲劇《趙氏孤兒》內底的公孫杵臼偷藏通緝犯趙氏孤兒，就規組害了了！這是人頭落地的代誌！你蹛佇伊附近，當然著愛隨時遮巡遐看，細膩無蝕本啊。

總講起來，我總算研究出咱台灣人會直直去探聽足濟外國人袂清彩問出喙的私人問題，其實佮孟子真愛佮人答喙鼓全款，攏是不得已的，是為著存後步，這佮商鞅連坐法一定有關係。

20年過去！我已經袂記得彼位怪阿婆。啥人知，就佇20年後的一个下晡，怪阿婆煞陰魂不散走轉來，而且大主大意入來阮厝內，這件代誌講起來真怪奇，卻是千真萬確，就予我慢慢仔講落去。

彼工，下晡的春光微微。來厝內鬥摒掃的美麗，共lōng-lōng叫的吸塵器拖入來我的冊房，我隨共電腦頂的資料存起來，拍算去客廳，共冊房讓出來，較免妨害伊做工課。這時，美麗真有教養，嘛共吸塵器的電源關掉。一切隨變做恬恬恬。為著補窒[14]暫時的恬靜，我那款[15]手頭的冊，那佮伊開講。

美麗差不多40歲左右，非常用心咧教養三个乖巧的查

---

14 補窒（póo-that）：填補
15 款（khuán）：收拾、整理

某囝。我會講伊非常用心，是因為伊定定佇咧作穡[16]的閬縫[17]，佮我討論親子溝通的方法。三、四年落來，透過伊提出的誠濟問題，我對伊的家庭狀況算是真清楚囉。這幾個月以來，阮講話的內容閣湠[18]對伊的其他的親情[19]身上。伊共我請教俉妹妹後生的行為問題，包括學習障礙、佇學校予同學欺負，老師毋但無能力為伊的後生解決問題，而且閣卸責任，建議伊共囡仔轉去啟智班。伊足受氣，指責老師，講囡仔不過是學習小可仔較慢爾，根本猶未到智能不足的地步。

我建議伊去學校佮老師誠懇對談，了解一下，心平氣和聽老師說明是按怎按呢建議的理由。就按呢，話題沓沓仔進入關鍵。

彼工的前一禮拜，伊真煩惱，講咧欲開學矣，伊的外甥仔煞因為毋敢去學校，竟然規暝哭袂煞。伊問我應該按怎處理才好？彼時，我建議伊上好先炁[20]囡仔去病院的精神科看覓咧。所以，這擺的話題就按頂擺後來的發展開始。

---

16 作穡（tsoh-sit）：做工作
17 閬縫（làng-phāng）：時間的空檔
18 湠（thuànn）：蔓延、擴散
19 親情（tshin-tsiânn）：親戚
20 炁（tshuā）：帶

　　我關心個外甥仔的問題解決未？美麗先感謝我的提醒，因為經過診斷，外甥仔予醫生認定有精神上的問題，著愛蹛院治療。因為年紀傷細漢，家長著愛陪咧蹛院，所以，美麗的小妹只好共簡單的臨時工辭掉，同齊[21]去病院蹛。以下是阮兩人真開放的對談：

　　「哪會從來毋捌聽你講起過恁妹婿？伊人咧？」

　　「個兩个離婚矣。」「離婚矣？妹婿有提供生活費無？若無，恁妹妹母仔囝兩个是欲按怎生活？」「妹婿家己都顧袂來囉，自來嘛無咧管個母仔囝，平常時攏靠阮小妹做臨時工趁錢。」

　　「做臨時工敢有夠用？今欲按怎？按呢恁小妹參臨時工都無法度做囉。」

　　「其實，臨時工趁無偌濟，阮兄弟姊妹有時會予伊一寡仔。毋過，阮其實嘛猶有家己的家庭，會當予伊的嘛真有限。大部份攏靠阮小弟，伊提上濟，阮小弟人真好！」

　　「恁小弟結婚未？恁弟婦仔敢無意見？」「弟婦仔雖然詬詬唸，阮小弟才無欲管伊咧。」「恁小弟做啥物的？看起來應該生活過了袂穩，才有能力照顧小妹。」「阮弟弟做進出口貿易，生理[22]做甲真成功；毋過，最近景氣穩，唉！嘛無法度！

---

21 同齊（tâng-tsê）：一起、一同
22 生理（sing-lí）：生意

我彼个小妹頭殼無啥精光，人閣大箍，揣頭路無遐爾
仔簡單……」「哎呀！人生就是按呢，無簡單啊！恁小弟
人實在真好！誠多情，聽起來予人真感動呢。」

「是啊！人好嘛無路用，個結婚幾若年，一直攏無生
囝……」

「啊！哪會按呢？是無想欲生抑是生袂出來？……」

講甲遮，感覺頭殼頂親像有一條真強的光線爍過，二
十年前彼位怪阿婆的身影佇腦海中沓沓仔浮起來。我驚一
下！好親像予彼个怪阿婆附身。我喙隨合起來、對椅仔頂
徛起來，清彩提一本冊就對冊房從[23]出去。想袂到美麗竟
然綴出來，接咧講：「哪會是無想欲生！是生袂出來！個
走病院走幾若年，做試管嬰仔……」

我走投無路，對客廳走到食飯廳，又閣對食飯廳從去
房間。伊閣綴咧繼續講：「這陣，個已經徹底放棄矣！我
勸伊去分[24]一个，阮小弟嘛無愛，講這馬[25]景氣遮爾仔
穩，生理嘛無好做，啥人知影以後會按怎，有囝仔以
後……」

我保持安靜！美麗講話講甲喙角全波，應該是無發現

23 從（tsông）：急奔
24 分（pun）：領養
25 這馬（tsit-má）：現在

我攏恬恬，紲落去²⁶講：「其實，無囡仔嘛好，免操煩。像阮妹妹，生查埔的哪有啥物路用，著精神病，連大家官都攏無諒解，雖然離婚囉，個大官猶閣咧管伊咧……」

對袂生講甲景氣穩對夫妻感情的影響；對姊弟關係講到大家官佮新婦鬥陣的困難……伊詬詬唸，我為著禮貌，揣無閬縫共話題切斷。毋過，心內真正著急！欲按怎？我竟然變做怪阿婆囉！拗指頭仔算一下，啊！真慘！我佮當年彼位怪阿婆的年紀拄好差不多！天啊！敢講這幾年來，我枉屈了商鞅！啥物連坐法！根本是因為年紀大的關係。

年紀大，叫是²⁷家己經驗豐富，好為人師，愛聽故事、愛講道理、愛指導別人！毋知影對啥物時陣開始，我不知不覺變成另外一个怪阿婆。美麗看起來嘛袂記得伊是來阮兜摒掃的，但是，伊的理由充分，伊只是回應我對伊的關心。

我感覺萬分悽慘，想袂到家己煞淪落到這款的地步，萬般無奈，只好衫穿咧，假影有代誌出門，結局是流落街頭半日。

這件代誌，予我對家己的好奇心加較警覺、較撙

---

26 紲落去（suà--lòh-khì）：接下去

27 叫是（kiò-sī）：以為

節[28]。毋過，了後無偌久，閣發生一件閣較譀[29]的代誌，容我閣繼續紲落去講。

　　仝款是一个天氣清彩的秋天，佮高中的老同學同齊去郊外行行咧。阮佇小路上踏落葉慢慢仔行，我一時歡喜，邀請㑑逐家揣一工來阮兜坐坐咧。甲同學憂頭結面偷偷仔共我講，到時陣，伊無一定會當來。是按怎？我問伊。

　　「阮媽媽著老人失智的症頭，現此時，阮姊妹共伊送去養老院，伊一直吵欲轉來，我著愛隨時待命，轉南部去處理。」

　　「啊！真可憐呢！阮爸臨終以前，嘛是有淡薄仔失智，毋過，當時無流行這種用語，嘛毋知影是失智，阮一直叫是伊食老愛司奶[30]、講耍笑。恁敢拄開始就發現伊失智？」

　　「是呀！拄開始，嘛只是感覺伊愈來愈歹舞，小可仔代誌就足緊張，三番兩次叫我緊急轉去解決真細的代誌。」

　　「這陣，伊猶捌[31]你無？」

　　「猶小可仔捌啦，糊里糊塗，嘛毋知是毋是真正捌。

28　撙節（tsún-tsat）：節制
29　譀（hàm）：誇張、離譜
30　司奶（sai-nai）：撒嬌
31　捌（bat）：認得

阮爸較早過身，六个姊妹仔攏靠阮媽媽一手飼大漢。這陣按呢，阮姊妹仔心肝攏真艱苦。」

「是按怎送去養老院？恁既然有六个姊妹，敢無法度佇厝內共伊照顧？阮老爸臨終以前，攏蹛佇咧厝裡，我感覺按呢對病情較有幫助，有查某囝溫暖的照顧，敢毋是較好？」

「拄開始，阮嘛是按呢想啊，所以倩[32]一个外勞，予伊陪阮媽媽蹛佇咧舊厝。」

「恁媽媽有錢付倩外勞的費用無？恁愛鬥相共出一寡仔無？」

「阮媽媽根本都無錢，攏是阮幾个查某囝共同負擔。有能力的，就加出一寡，家境較差的，就出較少咧。」

「是啊！應該是按呢啊。後來咧？」

「後來，阮媽媽病情愈來愈嚴重，干焦靠外勞無法度。我建議予外勞佮媽媽輪流去姊妹仔佾兜蹛，毋過，阮二姊講佰厝內真狹，參夫妻都無法度蹛做伙，何況是老母。」

「厝較闊抑是有時間照顧的姊妹，鬥相共加負擔一點仔，敢袂使得？」

「哎呀！阮本來嘛講好矣，有力的出力，有錢的出錢。逐家出錢，請環境較無好的三姊照顧，啥人知影阮三

---

32 倩（tshiànn）：僱

姊夫無同意，講萬一傳出去，講伊照顧丈姆仔閣著收錢，會卸伊的面子。」

「哎呀！恁兜的人，哪會遮爾仔歹扭搦[33]！」

「就是啊！阮小妹無結婚，本來逐家想欲請伊代勞，伊竟然講：『我無結婚，無代表老母就是我的責任，我的代誌無比恁逐家較少，有孝的責任，我的部份，我一定負責到底，毋過，人著愛將心比心，袂使共所有的責任攏放予我一个人，我擔袂起來。恁逐家成家立業，有翁婿、有後生通好倚靠，我有啥物！』講到後來，煞目箍紅，阮驚甲從此毋敢閣提起。」

「大姊按怎講？俗語毋是講：『長姊如母』？伊總是應該出一个主意啊。」

「莫閣講阮大姊矣！雖然是大姊，啥物代誌攏嘛無愛管。細漢的時陣，阮兜經濟無好，伊無繼續升學，冊讀較少，定定感覺受委屈，逐擺講話都酸ngiù-ngiù，阮攏毋敢惹伊。」

「姊妹之間，你排第幾？恁毋是有六姊妹？另外一个是阿姊？抑是小妹？伊又閣是按怎想？」

這句話雄雄講出喙，我家己嘛掣[34]一下！我的心算哪會變甲遐爾仔好！我敢真正遐爾仔關心朋友？敢講怪阿婆

---

33 歹扭搦（pháinn-liú-làk）：指人脾氣難搞
34 掣（tshuah）：發抖、戰慄

真正閣來附身囉！

　　我忽然間想起日本導演小津安二郎佇電影《勢早³⁵》內底，真有深意咧剾洗³⁶咱日常生活的對話無聊兼無衛生，完全佮放屁無精差，對解決實際的問題完全無啥幫助。毋過嘛有影誠奇怪，眾人嫌閣逐家閃的臭屁，卻是開刀了後的病人苦苦等待的聲音，看來生活中逐家四常的應酬話，真正是佮放屁全款，無伊閣袂使得咧！

　　阿無，請恁逐家檢查我佇怪阿婆附身的時所講的話，佗一句毋是予話題會當繼續落去？我是一步一步認真咧放送溫暖呢！

華文原收於《純真遺落》（九歌，2010）

---

35 勢早（gâu-tsá）：早安

36 剾洗（khau-sé）：挖苦、嘲諷

一場評選的觀察

定定[1]有機會去參與公家機關的評選案件，幾若年落來，有一个小小的發現。比論講：擔任評選抑是評審的委員的人，男女的比例差真濟。大部份的時陣，我攏佇一寡查埔人中間孤軍奮鬥，敢[2]講台灣的查埔人正經攏比查某人較勢[3]？

今仔日下晡，閣是全款的狀況，但是，我另外有新的體會。

來投標的廠商，需要派人先來做報告。做簡報的，男女的比例卻定定是顛倒反，這是不是印證女性的喙水[4]較好、親和力較強，說明的時陣，較會予人接受？

今仔日的標案有四間廠商來投標，分別有兩男、兩女做簡報。第一个廠商是一个查某的，伊拍袂開自己進前

---

1 定定（tiānn-tiānn）：時常
2 敢（kám）：是否、難道
3 勢（gâu）：能幹、棒
4 喙水（tshuì-suí）：口才

攢 [5] 好的電腦PPT，舞甲規身軀重汗，尾仔只好直接用講的。伊丹田有力，聲音誠好聽，口才袂穤，毋過經過拄才的捙跋反 [6]，有淡薄仔緊張。

　　第二、第三个報告者攏是查埔的，一个準備的簡報傷簡單，報告的時陣，又閣緊張到重耽 [7]；一个預算編列傷膨風，說明只是照步來，沒啥精彩。

　　第四个是一个40歲左右的女性主管，一下來就氣勢非凡。伊的聲音低低仔，但是充滿氣力！喙水誠讚，毋但誠有條理，而且信心十足。對委員的問題，若是有正確的答案，就大方回答；若無確實的想法，嘛會曉避重就輕，態度誠自然。

　　伊簡報結束，行出大門的時陣，我對隔壁的甲委員講：「這位女士的口才誠好！」甲委員的回答煞是講：「這个查某人誠勥跤 [8]！一定嫁袂出去。」

　　我講：「看起來確實誠精光，講話嘛誠會掌握重點。」坐佇對面的乙委員接咧講：「做伊的下跤手人 [9] 一定誠可憐。」

5　攢（tshuân）：張羅、準備

6　捙跋反（tshia-puah-píng）：折騰

7　重耽（tîng-tânn）：出差錯

8　勥跤（khiàng-kha）：指人精明能幹，但常帶貶義形容女性

9　下跤手人（ē-kha-tshiú-lâng）：手下、屬下

　　我雖然不以為然，嘛歹勢共伊揍[10]，干焦繼續講：
「真勢，知影按怎技術性來回答。」坐佇甲委員正手爿[11]
的丙委員接落去講：「誠會曉唬爛[12]，干焦像你這種有信
心的查某人才會呵咾伊。」

　　甲委員抾柴添火著[13]，講：「這種查某人一支喙糊瘰
瘰[14]，去佗位做簡報一定攏嘛用仝一套，伊做會好才是奇
怪！」

　　這位予在座的查埔人講是「假笑面弄喙花[15]」的查
某，最後提著標案，伊投標的企畫書真明顯比其他三位加
較豐富，伊的報告嘛比別人較有順序、較清楚。評審嘛是
著攏投票予伊；毋過，就算分明是一位巧神、伶俐的女
子，煞自頭到尾予三个查埔人講甲無一地好[16]。

　　由此可見，基本上，台灣猶未跳出封建的櫳仔[17]外，
佇團體內底，有才情的男性定定會得著真心的呵咾，講伊
是「厲害」、「有魄力」；但是，平平仝款有才調的女性

10　揍（túh）：反駁
11　正手爿（tsiànn-tshiú-pîng）：右邊
12　唬爛（hóo-lān）：吹牛。漢字應是「虎羼」，本為「畫虎羼」，但為粗話，羼為
　　雄性生殖器
13　抾柴添火著（hiannh tshâ thinn hué tòh）：指火上加油
14　糊瘰瘰（hôo-luì-luì）：形容說得天花亂墜、誇大不實
15　弄喙花（lāng-tshuì-hue）：花言巧語、油嘴滑舌
16　無一地好（bô-tsit-tè-hó）：一無是處
17　櫳仔（lông-á）：監獄、牢籠

卻定定得著負面的「歹扭搦」、「壓霸」的惡名。

　　連智識份子都按呢，莫講一般的老百姓矣。如此講來，台灣的男女平權，真正猶有真遙遠的路途需要咱逐家繼續來拍拚。

華文原收於《寫作其實並不難》（印刻，2014）

鵝肉攤的言語暴力

　　台北市東門市場內底，有一位賣鵝肉的查埔人，大概會用得講是市場內上壓霸的生理人。捌共伊買過鵝肉的，無人無領教過伊彼種臭煬[1]、聳勢[2]。

　　差不多20外[3]年前，我第一擺去共伊交關，問伊講：「你的鵝肉按怎賣？一斤偌濟錢？」

　　伊當咧剁肉的手停落來，目睭共我睨[4]，用藐視的聲音，講：「一斤？哼！」

　　彼陣，我扛才搬來台北，對台北人猶充滿尊敬，聽伊這聲，趕緊會失禮，修正家己的問法：「喔！失禮、失禮……啊無，一兩偌濟？」查埔人的頭，攑甲閣較懸囉。聲音對鼻空出來：「哼！一兩！」

　　我予伊舞甲花嗄嗄[5]，毋知影佗位毋著。大概我見

1　臭煬（tshàu-iāng）：神氣、臭屁
2　聳勢（sáng-sè）：高傲、威風
3　外（guā）：多
4　睨（gîn）：瞪
5　花嗄嗄（hue-sà-sà）：茫然、一頭霧水

笑[6]的表情，引起伊的同情心，伊激一个苛頭款[7]來共我指導講：「一隻啦！半隻啦！抑是一橛[8]啦……一斤！哼！笑死人咧！」

我頭一擺見識著這款無禮數的生理人，不免加共伊相[9]幾下仔，發見伊毋是干焦對我這个外地來的人如此，就算是本地人，嘛全款予伊罵好耍的。一个人客干焦用伊的手指頭仔共肉砧的鵝肉摸一下，伊隨大力將彼隻鵝掉過去，變面大聲罵人：「無欲賣予你啦！你免摸啦！」

人客予伊嚇驚著，一時毋知欲按怎反應，愣愣仔共伊看。伊隨補充講：「看啥！欲買就買啦！烏白摸！這陣，我無想欲賣你矣啦！」

人客嘛氣起來，大聲佮伊嚷：「啊你這个人哪會按呢做生理啦！歹啥？騙痟的咧！騙人毋捌食過鵝肉喔！……」

人客詬詬唸走去，伊猶閣真毋願咧大聲喝咻：「有才調你就一世人攏莫來買我的鵝肉！」

我當做伊彼工心情無好，若食著炸藥仝款。後來，定定去買菜，才發見伊逐日攏如此。伊用各種奇奇怪怪的方

6　見笑（kiàn-siàu）：羞愧

7　苛頭款（khô-thâu-khuán）：高傲的樣子

8　橛（kueh）：物品橫截的段

9　相（siòng）：打量、瞧

式來蹧躂伊的人客。

　　一位人客問伊：「鵝肱按怎賣？」伊參頭都無擇，予彼个人問甲四、五擺，才毋情毋願反問伊講：「啊你講按怎賣較好？」

　　人客無歡喜，回伊講：「我哪知影你欲按怎賣！」伊慢慢仔共刀放落來，涼勢[10]仔涼勢共伊應，講：「你毋免知影我按怎賣，因為我無欲賣。……嗯……較正確咧，應該講毋是無欲賣，是無欲賣予你。」人客氣甲鼻仔衝煙無應話。

　　伊做生理誠歹扭搦，無佮意的人客，伊嘛無欲賣伊。有時陣按伊的擔仔邊經過，就聽伊做一擺[11]拒絕兩、三个人客，拒絕的理由逐擺攏無仝，但是，到伊的喉內，攏變成誠有創意的理由。譬如：「我無欲賣予毋捌來買過的人。」

　　「你買傷少，我無欲賣！」

　　「看你無順眼啦！」有時陣，規氣就直接講：「無理由啦！無愛賣就是無愛賣啦！愛啥物理由！騙痟的！無欲趁錢[12]煞袂使得喔？」

　　怪奇的是，就算伊的姿態足懸，共每一个來買鵝肉的

---

10 涼勢（liâng-sè）：輕鬆的樣子
11 做一擺（tsò-tsit-pái）：一次、一口氣
12 趁錢（thàn-tsînn）：賺錢

人唱聲[13]、挑戰，用各種無禮貌的言語練痟話，而且永遠攏伊占贏面，伊彼擔的鵝肉砧煞[14]永遠都鬧熱滾滾，定定干焦出來一時仔，所有的鵝肉就攏總賣了了。

沓沓仔[15]佮伊熟似以後，我時常批評伊是全東門市場上驕傲的人。伊若親像不但無受氣，甚至顛倒感覺真歡喜的款。有一擺，伊共我講細聲話，講：「其實，我做生理上清彩，只要按照我的規矩來，就攏無問題。」

問題是，伊的規矩並無啥物規則會當予人照步來，伊的規矩百百種，綴[16]彼工伊的心情來變化，隨時攏有新的規矩出來。人客對伊會當講已經是誠吞忍囉，毋過嘛猶是全款著愛佇眾人面前看伊的歹面腔[17]。

一擺，我買一隻鵝的領仔頸、兩个鵝肱、四分之一隻的鵝肉，因為傷過濟種，恐驚伊會受氣，我親像巴結啥物大人物全款，滿面笑容共伊請安，伊共物件包予好勢了後，無表情講：「300啦。」

我趕緊照數奉上，伊共錢抽過去，紲落來，閣擲轉來一張100箍，當場共我恥笑，講：「200啦！戇人！講300

---

13 唱聲（tshiàng-siann）：言語挑釁、撂狠話

14 煞（suah）：卻

15 沓沓仔（tàuh-tàuh-á）：慢慢地

16 綴（tuè）：跟、隨

17 歹面腔（pháinn-bīn-tshiunn）：壞臉色

就正經提300，數學遮爾仔穤[18]！家己也袂曉算看覓咧！我看，你喔！予人掠去賣，閣共人說多謝喔！」我物件提咧，趕緊走，心內真是閣氣閣懊惱。

有一擺，有一个查某人要求伊共淋佇鵝肉面頂的鵝湯另外用一个細的塑膠袋仔貯，較免鵝湯流甲滿四界[19]，真可惜。查埔人真聳勢回答伊講：「每一个人攏像你按呢遮爾仔囉嗦，我生理是欲按怎做！」

婦人人退一步，哀求伊講：「啊無，共我加貯一个袋仔，按呢，我倒轉去厝內，猶閣會當共遐的流出來佇袋仔底的鵝湯倒出來，按呢敢會使得？」

查埔人起呸面[20]，大聲講：「袂使得啦！我無閒啦，做袂到啦！」

婦人人家己感覺真懊惱，拄欲離開的時，查埔人忽然間，共刀仔對肉砧面頂雄雄就共剁落去，手指彼个查某人講：「你就是愛鵝湯嘛！是無？」

婦人人無想著有這款的發展，毋知查埔人的企圖，呧呧挨挨[21]細聲講：「無啦！……我只是感覺鵝湯流出來可惜，啊我……」

---

18 穤（bái）：壞、差
19 滿四界（muá-sì-kè）：到處都是
20 起呸面（khí-phuì-bīn）：翻臉
21 呧呧挨挨（ti-ti-túh-túh）：支支吾吾

「講一下嘛！較阿沙力咧！你是毋是愛鵝湯？」

查埔人真無耐心共查某人插話，查某人毋知影欲按怎，當咧躊躇爾爾，查埔人激派頭用手比一下，真大方、誠權威講：「來！看有紙佮筆無！共你的地址寫予我。明仔早起，我專工送一大桶的鵝湯去恁兜予你。按怎？免錢啦！」

佇邊仔的人看著，攏笑出來。加貯一个塑膠袋仔都嫌麻煩的人，煞甘願撥時間專工送鵝湯去，講伊怪，伊自己猶閣無承認！

後來，鵝肉起價，伊嘛兼賣一寡仔燒雞、鹹水雞。一工，我對伊的擔仔邊經過，看著一个少年查某囡仔咧問伊當咧剁的鵝肉講：「啊這是啥物肉？」

伊徛騰騰[22]，面清清[23]回答：「啥物肉？人肉啦！啥物肉……鵝肉、雞肉都看袂曉，叫你蹛庄跤，毋蹛啦！才會啥物肉攏毋知影啦……」

是按怎遮爾濟人甘願冒著予伊侮辱的危險，嘛硬欲去共伊買肉？主要是東門市場內賣鵝肉的人誠少，伊賣的鵝肉確實是閣俗[24]閣好食，就親像查埔人家己講的：「若準毋是我的鵝肉實在足俗，你掠做遮的人客肯予我按呢清彩

---

22 徛騰騰（khiā-thîng-thîng）：站得直挺挺

23 清清（tshìn-tshìn）：冷冷

24 俗（siȯk）：便宜

蹭躂喔？」

　　喔……我今才小可仔明白囉。伊是為著家己賣的鵝肉，價數傷過俗佇咧懊惱受氣，一年過一年，伊共遮的委屈一點一滴用言語暴力轉去人客身上。遮濟人客，大概是佮我仝款，一方面為著方便，一方面貪著俗俗顧家己的枵鬼[25]，長期壓抑自尊，忍受伊無禮的唱聲。這个世界想來嘛是真公平，一个願拍，一个願受。

華文原收於《不信溫柔喚不回》（九歌，1994）

25　枵鬼（iau-kuí）：饞、貪吃

速度

　　轉到庄跤，速度隨[1]慢落來。

　　郵局內底，有五个職員，攏真親切，佮來辦代誌的民眾親像是一家人仝款。

　　36號，我抽出一張號碼單，攑頭看叫號燈，已經到33號囉，我想，免幾分鐘，應該會使完成手續，就揣椅仔坐落來，心內有淡薄仔著急，車臨時停佇黃線面頂，毋知影會予人拖去無。

　　我四界看看咧：穿淺拖仔的，哺[2]檳榔的、攑拐仔的……有的坐、有的徛咧[3]，攏足自在的模樣。

　　服務小姐真客氣，共一位查某人講：「大寫的伍袂當寫作『五』，要有徛人爿。」查某人不服：「阮以早攏嘛按呢寫，啊恁遮的少年的，哪會遮爾仔狡怪[4]！橫直[5]攏是

1　隨（suî）：立即

2　哺（pōo）：嚼

3　徛咧（khiā--leh）：站著

4　狡怪（káu-kuài）：愛作怪

5　橫直（huâinn-tit）：反正

5000箍，按怎寫嘛是5000箍啊！」

「喔！恁以前領錢攏毋免寫有加一个徛人卩喔！但是，這陣是規定攏總愛按呢寫呢！」

服務小姐表現出毋敢相信的表情，閣司奶一句：「郵局規定的啦，啊無，你予我拜託一下啦！寫一下啦！」查某人毋情願，講：「啊無，我借問你咧！有徛人卩佮無徛人卩有啥物無仝款？我加寫一个徛人卩，你敢會予我較濟錢？」

查某人愈講愈順，閣越頭共佇遐等的眾人討公道，講：「5000箍的『五』，敢有人寫徛人卩？」逐家攏笑出來，無人回答。

服務小姐的表情天真無邪，全款猶真好笑神[6]，耐心咧等待。查某人掠做[7]服務小姐故意刁難，講：「既然你認為應該加徛人卩，啊無，你就家己添[8]落去啊。」

服務小姐真有耐心，伊解說講：「啊！袂使得啦！一定愛你家己寫啦！若準我添落去，就是偽造文書呢！」

34的號碼這時陣著[9]起來，另外一位歐巴桑行過去窗仔口，內底是一位中年查埔人。查埔人接過歐巴桑提予伊

6　好笑神（hó-tshiò-sîn）：面帶笑容
7　掠做（liàh-tsò）：當做、以為
8　添（thinn）：填
9　著（tòh）：點亮

的單仔，看一下，笑容滿面講：「啊你是欲寄予銀行，毋是寄予另外一間郵局，袂使添這種單仔啦！你愛添的是這種的啦！」

查埔人猶未講了，順勢就對桌仔邊抽出一張單仔予彼位歐巴桑。歐巴桑越頭，對閒閒徛佇門外的個翁[10]講：「哎呀！伊講你添毋著[11]單仔啦！」

彼位先生真鎮靜，看袂出有啥物表情，兩个人就隔遠遠按呢講。「哪會按呢？」「啊我哪會知！」「啊無，是欲添佗一種單仔才著？」「……」個完全無共逐家看佇眼內，嘛毋管有偌濟人咧等個。

啊講起來嘛真奇怪，眾人就乖乖仔佇退等，包括窗仔內的幾个職員，都專心聽個一句來、一句去，同齊等個翁仔某兩人做出決定。兩个窗仔口的號碼攏一點仔變動嘛無。

第三个窗仔口的燈號一直停佇27號，窗仔內是一位少年家，伊頭殼犁犁[12]，親像咧看啥物物件，有時陣徛起來，提兩个看起來親像貯銀角仔[13]的袋仔，佇真狹的空間內，行過來、踅過去，喙內詘詘念。

---

10 翁（ang）：丈夫
11 毋著（m̄-tio̍h）：錯、不對
12 犁犁（lê-lê）：低著
13 銀角仔（gîn-kak-á）：銅板、硬幣

　　時間一分一秒過去，另外一爿負責郵務的所在，一个民眾嘛無，兩位郵務員工佇遐開講，喙笑目笑咧講昨暝的約會。

　　哪會遮爾無效率！閒閒的員工是按怎無愛過來鬥相共[14]？彼位自言自語的查埔人是精神出啥問題是無？閣有，彼兩个翁仔某敢毋是應該去邊仔參詳，共櫃台讓出來予後壁的人先辦代誌？彼位無學過大寫的「伍」的查某人，到底是欲鬧甲啥物時陣？

　　我坐佇遐，愈想愈氣，這若是發生佇都市的郵局，凡勢[15]早就予人檢舉矣！「真正有夠無效率。」拄咧欲[16]掠狂的時陣，彼位堅持毋肯寫「伍」字的查某人總算屈服而且共手續辦好囉。我猶未等號碼燈著起來，就先去頭前。

　　想袂到彼位查某人忽然間閣看著柱仔面頂貼咧的存款利率，閣另外開一个話題。滿面笑容的服務小姐真正是好耐性！嘛閣笑笑仔共伊解說講：「定存時間無仝，所以利率當然無仝……」

　　查某人膏膏纏[17]規半工才滿意離開，36號的叫號燈才著起來。我足受氣，面色誠歹看，共寄金簿仔擲出去，拄

---

14 鬥相共（tàu-sann-kāng）：幫忙

15 凡勢（huān-sè）：可能、搞不好

16 咧欲（teh-beh）：快要

17 膏膏纏（ko-ko-tînn）：糾纏不停

想欲好好埋怨一下，啥人知，彼个可愛的服務小姐目睭褫[18]甲遮爾仔大蕊，問我講：「哎喲！你的皮膚哪會遐爾仔白！足媠呢！你是按怎保養的？」

我滿面的霜雪，一秒鐘內溶去，變成一蕊一蕊盛開閣美麗的花蕊，佇心內共家己講：「真正是好親切的小姐啊！服務哪會遮爾仔周到！……哈哈！急啥？車愛拖就予伊拖去啦！排佇後壁的人小等一下，是會按怎！人生就愛按呢慢慢仔過，現在逐家敢毋是攏佇提倡慢活的觀念！」

想通以後，我決定沓沓仔佮彼个服務小姐開始討論保養皮膚的撇步。

華文原收於《在碧綠的夏色裡》（九歌，2013）

18 褫（thì）：張開、睜開

滄海桑田

今仔日前往台南，去國中佮學生開講。

逐擺¹坐高鐵的時，我攏會提一寡仔工課²去面頂做，因為佇高鐵面頂上會當專心，無啥物干擾。這擺演講煞，轉來台北的時陣，我嘛全款提出一大包文學獎的徵文佇高鐵面頂評審，沿路看、沿路做記號。

原本三人座的中央彼位是無人的，過台中站以後，起來一位70歲左右的老先生，伊拄³坐落來，就目睭瞌瞌⁴咧歇睏⁵，我咧無閒，也無佮伊相借問⁶。

毋知到佗一站，我佇評分表面頂寫一寡仔簡單的記號的時，身邊有聲音傳來：「你嘛是老師喔？」當然，講話的這个人應該嘛是老師。我隨檢查，伊哪會知影我的老師

---

1 逐擺（tảk-pái）：每次
2 工課（khang-khuè）：工作
3 拄（tú）：剛、才
4 瞌（kheh）：閉著眼
5 歇睏（hioh-khùn）：休息
6 相借問（sio-tsioh-mñg）：打招呼、寒喧

身份？原來是佇主辦單位寄文章來的批囊仔[7]面頂看出來的。

　　阮兩个那[8]簡單自我介紹，那交換名片。伊是台大科學院所的退休教授，用的是幾年前猶未退休時的名片，猶有學校的地址佮身份，正面用中文，後壁面是英文版。

　　我的名片真簡單，一面是我的名字佮電話，另外一面是厝內的地址佮電子信箱，干焦註明「東吳大學中國文學博士」幾字。我共伊講，我嘛是拄按[9]國立台北教育大學退休的教授。

　　伊共我的名片提過去，可能看無清楚抑是聽無詳細，問我講：「你佇杭州南路的東吳大學教冊喔？」我共伊糾正，講毋是啦，杭州南路是我蹛的所在，東吳大學是我的學歷。

　　我無詳細思考，紲落去講：「我退休囉，歹勢佇名片面頂印原來任教的學校……」

　　話猶未講煞，隨發見家己若親像無意中做了批評，趕緊共猶未講了的話吞落去，變做「我原來任教的學校就佇貴校的對面，隔一條辛亥路爾爾，最近兩間學校拄好咧談合併的代誌，好親像一直講袂好勢。」

7　批囊仔（phue-lok-á）：信封
8　那……那……（ná……ná……）：（動作）一邊……一邊……
9　按（àn）：從

　　伊毋知影是明知故問抑是正經毋知，伊問我：「恁學校欲佮佗一間學校合并？」我感覺奇怪，這敢毋是一件學術界的人無人毋知的代誌，我講：「敢毋是欲佮恁台大？」

　　伊笑出來，講：「無可能的啦！合併無遐爾仔簡單啦。每一間學校攏有家己的算盤，台大遮爾仔大，哪會……」伊的話講猶未煞，我插喙講：「是啊！阮學校的老師佮校友嘛有足濟反對的，合併以後，校友攏揣無[10]母校囉。」

　　雖然，我急欲插喙有幾分是針對這位教授喙角彼絲仔輕視的笑容來的，毋過講老實的，我從來毋捌支持過這个主意，當然，我有佮意抑是無佮意合併攏無啥物影響，只是小人物的心聲而已。

　　這位教授開始講伊今仔日的行程，伊去霧峰的某一个政府單位評選案件，伊猶閣按皮包內底提出公文予我看，彼張邀請的公文面頂有寫伊的名。

　　紲落來，毋知按怎，伊開始講起伊的衝呱呱[11]的往事：佗一位政要是伊以早的學生；伊捌是馬總統的座上嘉賓；佇兩年前的某一擺的餐會，總統猶閣叫會出伊的名字……講啊講，忽然，峰迴路轉講：「我料算馬英九佇明

---

10 揣無（tshuē-bô）：找不到
11 衝呱呱（tshìng-kuā-kuā）：很了不起的樣子

年5月20進前就會去美國，閣來，就袂轉來矣，若無，伊絕對難免淪落甲阿扁仔予人關起來的命運。」

紲落，話頭踅轉斡[12]，伊閣大聲講起馬家大姊按怎做人的銃手[13]去考試，結果予人判定無罪，因為應考者考無牢。伊一時氣憤起來，講：「彼个意思是，賊仔予人掠著，只要是無偷著物件就無罪？學生考試偷食步準若予人發現，只要無及格嘛無法伊？」

我恬恬共伊看，按伊面上的彎彎曲曲的線條看起來，好親像看著真複雜的感情波動。毋知影為啥物，我嘛綴伊心肝艱苦起來。選舉敢毋是猶未有結果，哪著提早遮爾仔憤慨？真正是滄海桑田啊！到站囉，欲落車進前，伊若親像雄雄想起啥物代誌全款，真驕傲補充最後一句：

「我三个囡仔攏佇外國。」我無經過思考，真緊應伊講：「我兩个囡仔攏佇身軀邊。」實在有夠無聊！今仔日是按怎？敢是老人的捙拚[14]大會咧？

（2016）

---

12 踅轉斡（sėh-tńg-uat）：轉彎
13 銃手（tshìng-tshiú）：槍手
14 捙拚（tshia-piànn）：拚鬥較勁

飼鳥鼠，咬布袋

今仔日，撥工¹去專門治療坐骨神經的運動中心予醫生看。

醫生出現進前，照例有一个掠龍²師傅先共我掠掠咧。這个掠龍師傅真興³講話，第一擺掠龍的時，伊就已經問來問去，將我的底系⁴摸甲清清楚楚。這回，伊輕描淡寫講著伊去共一位94歲的老太太掠龍的經過，佮個家屬對伊的感激。

我紲喙⁵問伊：「啊你嘛佇外口共人掠龍喔？」伊隨用手比佇咧喙脣講：「噓！」然後，真神祕講：「較細聲咧。」紲落來，伊共我偷偷仔講，伊下班後佮假日，攏佇厝內共人客掠龍，個兜就蹛佇附近。

我無佮伊繼續講這个話題，心內有一寡仔感慨。

伊口口聲聲講醫生對伊誠好，當初，伊因為長期做裁

---

1 撥工（puah-kang）：抽空、撥冗
2 掠龍（liàh-lîng）：按摩
3 興（hìng）：喜好、熱中
4 底系（té-hē）：人的來歷、背景
5 紲喙（suà-tshuì）：隨口、順口搭腔

縫，龍骨[6]煞變甲彎彎曲曲，就是醫生將伊的龍骨調整好的。甚至，因為伊的家庭環境無好，醫生閣收伊做學生，教伊掠龍的方法，予伊這个工課；伊竟然佇工作中偷偷仔搶人客，這敢毋是典型的「飼鳥鼠，咬布袋」？

轉去厝裡的半路，我一直思考一件代誌。師仔[7]學出師以後，想欲家己出來做，其實嘛是真正常的，到底我是咧反感啥物？

想來想去，應該是對無職業道德的棄嫌。伊若準想欲自立門戶嘛毋是袂使得，但是應該行正常的路，家己去外口招人客，不應該那領頭家的薪水，那按頭家的客戶下手，這講起來就有失道德囉。

但是，對另外一個角度來思考，病院鬧熱滾滾，患者誠濟，損失一、兩个仔人客嘛毋是啥物大代誌；如果憑伊個人的資歷抑是人面，準若無按身邊的人下手，欲對佗位去招人客？按呢講起來，我哪著共這種代誌記牢牢咧。

人類的生存競爭是真殘酷的，親像野獸的互相殘害，達爾文進化論早就講過物種互相競爭，適應者自然生存，無適應者被判出局，這嘛只是其中的一個小案例而已，無啥物通好大驚小怪！

(2012)

6　龍骨（liông-kut）：脊椎骨
7　師仔（sai-á）：學徒

人生哪會遮爾仔譀古

軍法官佇台仔頂提醒逐家愛好好仔保管家己的識別證，若無，一旦遺失，就愛接受記過以上的處罰。會議結束，佇行出禮堂的人群中，一位女士手搭咧胸坎[1]，足慶幸講：「好佳哉，我老早就共伊藏起來矣，萬一拍毋見[2]去，就食力[3]矣！」

朋友來相揣[4]，主人問起朋友車停佇佗位，朋友講：「最近佇厝裡附近揣著一个真好的停車位，我毋甘得開走，恐驚一下開走，就無法度閣揣著一个遮爾好的車位，所以，我出門總是坐計程車。」

被學生尊稱「滅絕師太」的教授足風神咧展伊消滅學生的功夫，伊講：

「頂年，我予40个學生無及格，舊年，學生聽講我的厲害，選課的人數馬上賰27位；我又閣大出手一擺共伊追

---

1 胸坎（hing-khám）：胸膛、胸口
2 拍毋見（phah-m̄-kìnn，合音作phàng-kiàn）：遺失、丟掉
3 食力（tsiah-lat）：不妙、糟糕
4 相揣（sio-tshuē）：拜訪

殺20个，哈哈！今年，這門課因為選課人數不足，無法度好開課。我這个人是一个一屑仔都毋肯清彩的，課開袂成，是學生家己的損失。我才毋管佪。」

查某囝定定拍毋見拭鉛筆字的樹奶拭仔[5]，規工[6]佮我搶咧用，我共伊警告幾擺了後，閣買一个新的予伊。奇怪的是，伊猶是不時來共我借。

我責問伊講「啊你是按怎咧？」伊回答：「我就驚物件又閣拍毋見去啊，而且，新的樹奶拭仔足媠[7]咧，提來拭，足可惜！我已經共伊收入去我的寶物盒仔底，我會好好仔保管，你會用得放120个心！」

厝邊的歐巴桑一世人艱苦過日子，有孝的囝仔，為著慰勞辛苦的老母，逐家儉錢安排伊去大陸旅行。十幾工以後，去機場接機的囝仔全部予佪老母驚一趒，原本精神誠好的老母，煞變甲烏焦瘦，佇遐吐大氣[8]講：

「咧欲共我忝[9]死！規个旅行親像欲去赴死全款，上長城、登泰山、朝拜千佛寺、蹈[10]大雁塔、遊紫禁城、閣

5　樹奶拭仔（tshiū-ling-tshit-á）：橡皮擦

6　規工（kui-kang）：整天

7　媠（suí）：美、漂亮

8　吐大氣（thóo-tuā-khuì）：嘆氣

9　忝（thiám）：累

10　蹈（peh）：往上爬、攀登

踅頤和園……地陪佇頭前喝咻，領隊佇後壁追趕，全陪佇中央歕觱觱仔[11]……」

「怦怦喘趕路，猶閣袂赴看一下仔風景，觱仔聲又閣歕起來，親像咧招魂仝款。透早，morning call響起來，阮幾个年紀較大的，就綴咧吐大氣。以後，恁毋通閣叫我去旅行，我甘願留佇厝內拭塗跤[12]，嘛較輕鬆！」

朋友的老爸，佮一陣老朋友去日本一逝[13]轉來，真感慨講：

「我注意著規團內底，只要是夫妻同齊去的，太太看起來攏真無精神，鬱卒鬱卒、面色誠穩[14]，沒啥物光彩；反倒轉來，翁婿過身的太太，毋管幾歲，總是耍甲足歡喜咧，笑哈哈，講話嘛真趣味。這予我真大的感慨，咱查埔人實在真悲哀，活的時陣，囡仔、太太感覺受著咱的束縛，嫌咱囉唆就準煞[15]，死了後，竟然會當帶予侐遮爾仔大的快樂！」

姪女歡歡喜喜去真出名的婚紗翕相[16]館取回結婚的相片，轉來了後，看起來真失望的款，頭仔犁犁。我共相片

---

11 歕觱仔（pûn pi-á）：吹哨子

12 拭塗跤（tshit thôo-kha）：擦地板

13 逝（tsuā）：趟、回

14 穩（bái）：難看

15 準煞（tsún-suah）：罷了、算了

16 翕相（hip-siòng）：照相

提過來看，安慰伊講：「啊！翁甲袂穩啊！真成[17]啊！」

　　伊足懊惱講：「就是翁甲傷成才討厭啊！人阮朋友攏翁甲足婿的，一點仔都無成本人，像電影明星全款。我揣的這間翁相館實在真差！」

　　識別證本來是為著方便識別，但是，因為驚無小心拍毋見，煞共伊藏起來，毋予人看；買汽車本來是為著方便，因為停車困難，煞毋敢隨便開；教冊是欲傳授智識，卻予教授提來享受會當予人無及格的威權。

　　買樹奶拭仔的目的是拭掉寫毋著的字，卻因為傷婿煞毋甘得用；旅行的本意是欲好好仔歇睏一下，哪知變成魔鬼訓練營，予人怦怦喘。

　　結婚是因為相愛，想欲一生鬥陣，到尾來，反倒轉來變成痛苦的束縛；翁相本底是欲為真實的人生留下紀念，無疑悟[18]煞期望翁出別人的美麗。

　　人生哪會遮爾仔誠古[19]咧？

華文原收於《嫵媚》（九歌，1997）

---

17 成（sîng）：像
18 無疑悟（bô-gî-gōo）：想不到
19 誠古（hàm-kóo）：荒唐、離譜

臆看我是啥人

「你是玉蕙是無？」

「是我，借問你是⋯⋯？」

「喔，咱足久無看著囉！哈哈哈！你臆看我是啥人¹？」

我想起頂幾工仔有一位幾若年無見面的朋友，夫妻兩人按加拿大轉來，我約伨過幾工做伙食飯。

伊昨暝敲電話來，講另外有一位神祕嘉賓想欲鬥陣來，問我敢會當請伊同齊？

我講：「我當然歡迎，但是，是啥人咧？」朋友講：「既然是神祕嘉賓，當然暫時袂使透露，明仔載予你一个驚喜。」

如今，接著這通叫我臆²名的電話，當然就佮昨暝的電話連結起來，叫是這个電話就是彼位神祕嘉賓敲來的。

但是聲音一點仔嘛無熟似³，彼个人堅持愛我臆，一

---

1 啥人（siánn-lâng，合音作siáng）：誰
2 臆（ioh）：猜
3 熟似（sik-sāi）：認識

直毋肯講伊的名，我雖然袂堪得煩[4]嘛夯勢受氣，驚失禮。

我一再共伊講我膾袂出來，伊怪我參老朋友都袂記得，太無情咧，舞到場面真夕看，我閣笑咧共伊講：「啊莫按呢啦。你按呢看起來真親像詐騙集團呢。」

最後，我堅持無愛膾，伊實在舞我袂過[5]，才不得已講：「若按呢，我只好Line予你囉。」我猶閣好心共伊問：「啊你敢有我的Line？」伊講：「有啊。」我講：「啊無，你就用Line來聯絡好啦。」然後，就掛掉電話。

電話囥落去[6]，我才想起來，這恐驚真正是詐騙集團的電話喔！果然，已經幾若工矣囉，一直到這陣，根本都無人Line予我。

這款的騙術哪會到這陣猶有人閣咧用！我是頭殼夕去是無，按怎佮伊按呢對答如流起來咧！是講，世間竟然有遮爾拄好的代誌，莫怪俗語有咧講「無巧不成書」啊。

（2015）

4　袂堪得煩（bē-kham-tit-huân）：不耐煩
5　舞我袂過（bú guá bē-kuè）：搞不過我、拿我沒辦法
6　囥落去（khǹg--lòh-khì）：放下去

親像恁這種行業的

　　長途旅行轉來了後，趕緊寫報社來催的稿債，早起四
點外才去眠。規暝嗽袂停，九點精神，嚨喉絚絚[1]，我自
我診斷，知影家己感冒囉。

　　下晡，揣時間去予醫生看。感冒真正驚人，兩禮拜前
阿公予兩个查某孫穢[2]著，我才咧笑伊身體無夠勇，想袂
到才無偌久，我這个做阿媽的嘛著著。

　　本來佇一般內科掛號，醫生聽講我看感冒以外，閣欲
提安眠藥。隨交代護士，共我轉去神經內科，閣共我講：
「予神經內科的醫生開感冒藥仔予你，毋免掛兩科，浪費
錢。我這科袂當開安眠藥予你。」

　　伊共病歷退還予護士進前，看著我的名，攑頭問：
「你是彼位作家是無？」我趕緊共喙罨仔[3]摼[4]較懸咧，共

1　絚（ân）：緊

2　穢（uè）：傳染

3　喙罨仔（tshuì-am-á）：口罩

4　摼（khiú）：拉

面掩較峇[5]咧，回答講「是啊」，就趕緊落跑。無化妝閣無打緊，衫褲清彩穿，荏懶[6]款，敢會見得保正咧！

後來，佇神經內科醫生頭前坐落，醫生問：「你的問題是啥？」我掠重點先講：「我欲來提安眠藥，另外，好親像嘛感冒囉。」

醫生看病歷，目睭看著我的名，嘛全款共頭攑起來，問講：「啊你敢是彼位作家？」我驚一趒，這間病院的醫師是按怎？攏是文青是無？

我閣將喉嚨仔摸閣較闊咧，上好參蚶蚶[7]的目睭皮攏崁甲予伊密密密。醫生將原本囥佇拍字盤面頂的雙手，提起來囥佇腹肚面頂，涼勢仔涼勢問講：「安眠藥是恁這个行業的宿命乎[8]？你講，愛我按怎共你鬥相共？」我呧呧挨挨[9]，一時嘛毋知欲按怎回答。我只是例行來看診、提藥仔爾爾，並無期待得著開安眠藥以外的幫助。不過，既然伊都按呢講矣，啊無，規氣就請伊共我開安眠藥的連續處方！我有時陣轉去中部的祖厝，佇台中的病院提藥仔，有時留佇台北，就就近佇這間病院提，定定兩爿的醫生攏

5　峇（bā）：密合

6　荏懶（lám-nuā）：懶散邋遢

7　蚶蚶（ham-ham）：眼皮浮腫貌

8　乎（--honnh）：對吧？確認問話的語助詞

9　呧呧挨挨（ti-ti-tủh-tủh）：支吾其詞

毋肯開連續處方予我，講是管制藥仔，無連紲[10]看病幾若擺，無法度好開連續單予我。

醫生看來嘛無啥關心我取藥仔的問題，伊干焦笑笑仔問我：「你暗時攏幾點去睏？」我歹勢共伊講我早起四點外才睏，刁工選較正常的講法：「兩點左右。」

伊做出真會當理解的表情講：「像你這个行業的，大概暗時特別有靈感乎！頭殼開始紡[11]落去，就真歹停落來。」伊停一下仔閣講：「我看失眠是恁這種作家的通病，欲離開安眠藥可能無遐爾仔簡單。」

才講了，伊忽然間換一種說法：「若是莫[12]寫會按怎？」無想著有人會按呢問我，我心內完全無準備，想一下仔以後，我回答伊講：「莫寫就親像……就親像細漢的時陣無寫功課，阮老母會攑柴仔來拍人。」

伊笑甲歪腰，講：「這種感覺有影真特別。」伊繼續問落去：「你按算[13]寫甲幾歲？你會當寫甲幾歲？」

講到遮，我就毋認輸囉，我諍[14]講：「會當寫甲幾歲我是毋知啦，但是，散文作家王鼎鈞先生今年91歲，猶閣

---

10 連紲（liân-suà）：連續
11 紡（pháng）：運轉
12 莫（mài）：不要
13 按算（àn-sǹg）：打算
14 諍（tsènn）：爭辯

寫甲偌好咧！你敢無看最近的報紙副刊？」話是按呢講，毋過，我心肝內其實毋敢按呢想。

伊吐一個大氣，用真遺憾的口氣講：「啊！人生有得有捨，若準你袂當捨，一定欲寫作，我嘛無法度你，你的人生嘛只好按呢囉。」伊共我做出悲觀的結論。

我想欲辯解，講：「我從來毋捌想欲得著啥物，只是順我的性情寫落去。」我懷疑伊講的「得」，是名佮利，若準有影是按呢，目前，稿費遮爾仔低，作家遮爾仔濟，作家「得」的無偌濟，「捨」的卻袂少，包括睏眠佮健康。看起來醫生佮我兩人對「得」跟「捨」的看法無啥物全款。

為著挽救伊的悲觀，我振作起來自我安慰：「其實，有一陣，阮查某孫來佮我踮，我有時仔就攏毋免食安眠藥。生活有規律，早睏，早起來，逐工目睭皮攏險仔褫袂金咧。」

醫生嘛歡喜起來講：「按呢，看起來你是無愛做爾爾，毋是袂曉。你雖然無啥物主動的能力，但是會當接受被動的改變，像你這種的人，這嘛算是優點。你就叫恁查某孫過來佮你踮好啦！」

啊哪會按呢？我的優點竟然是「無啥物主動能力，會當接受被動的改變」！這敢會當算是一種的優點？若正經[15]接受伊的意見，予阮查某孫長期來佮我踮，哪有可能

---

15 正經（tsìng-king）：真的

有時間通寫作！我目前唯一的「得」，敢毋是就真正愛「捨」了了去？

紲落來，醫生開始佮我談論我的作品，伊正確講出我部分的文章，包括寫阮媽媽的《後來》，猶有近期的專欄，我真慶幸伊無共我誤認是廖輝英、陳幸蕙抑是陳玉慧。

紲落去，伊忽然間親像記者採訪仝款，真嚴肅問我講：「你認為你的代表作是佗一本？為啥物？」我干焦想著猶有足濟患者等伊看病，就坐袂牢[16]囉。毋過，無論按怎，伊總算是對「這个行業」的我充滿同情，我成功提著連續處方。

我踏出診所進前，醫生真驕傲共我講：「你這陣應該袂認為阮做醫生的攏無咧看冊啦乎？」我提處方去納錢，櫃檯的彼位小姐，竟然無等我交出藥單，一點仔躊躇都無就大聲叫出我的名。我閣驚一趒，目睭共伊金金看，伊講：「我會認得你，你進前寫的查某孫的文章，我足愛看；閣較早以前寫的恁媽媽的文章，我嘛看足濟咧……」

啊，下晡，我來到一間有文學氣氛的病院，轉去厝的路裡，藥仔都猶袂食咧，為啥物感覺病親像已經好真濟囉。

（2016）

---

16 坐袂牢（tsē-bē-tiâu）：坐不住

等甲月娘圓十二遍

定定啉酒醉[1]的查埔人，想欲挽回離家出走七年的牽手，由村長領大隊人馬，陪伊來佢太太的後頭厝談判討人。庄跤所在，人濟喉雜，阮翁[2]佮我受著女方爸母的拜託，去替佢接待、應付人客，順紲[3]談判。佇廳堂內，雙方人馬對坐。

我用手骨共阮翁磕[4]一下，暗示伊講一寡仔話應酬一下，來拍開緊張的場面。普通時就誠罕得講話的阮翁，一時毋知影欲講啥物，只好講：「啊，今仔日的天氣袂穤乎？」

雙方人馬，攏將目睭看向外口，綴咧講：「是呀！天氣袂穤。」

我又閣用跤踢阮翁，請伊繼續維持場面的鬧熱。阮翁

---

1 啉酒醉（lim-tsiú-tsuì）：喝醉酒
2 翁（ang）：丈夫
3 順紲（sūn-suà）：順便
4 磕（kh`ap）：碰、撞

真緊張，兇兇狂狂[5]補一句：「親像袂傷寒，嘛袂傷熱
乎？」

　　一指人攏順勢接落去講，談氣象報告、說天頂的烏
雲。十幾个查埔人清彩烏白講，言不及義。

　　猶是查某人較實在，我暗示阮翁趕緊進入主題討論。
伊予我逼甲心肝亂操操，忽然激動起來，對這位已經有幾
分醉意的當事人教示起來，講：

　　「你按呢完全毋捌字嘛毋是辦法，這陣，政府佇各所
在攏有設長青學校，你應該振作起來，去學校上課，毋通
辜負政府的美意。恁太太這幾年佇外口，已經掌握時間，
一直讀到國中囉。你著愛佮伊全款認真閣進修，讀冊是真
重要的，讀冊會當變化氣質……」

　　阮翁竟然對一个無讀過冊的酒鬼開破[6]「讀冊的重
要」，證實冊讀傷濟正經會予頭殼歹去！我才想講等一下
欲補充發言，想袂到對方焄頭[7]的村長，已經無法度好閣
忍耐落去，無等阮翁共話講煞，雙手一掰，講：

　　「啊，這陣講這攏無啥物路用啦！上重要的，就是
改[8]酒。按呢啦！我做主，予你一年的時間改酒，若準一

5　兇兇狂狂（hiong-hiong-kông-kông）：慌慌張張
6　開破（khui-phuà）：開導
7　焄頭（tshuā-thâu）：帶頭
8　改（kái）：戒

年內，你改酒成功，我就負責共恁太太揣倒轉來；若無辦法改酒，你就共離緣書[9]寫寫咧予人去。」

遮的話，合情合理又閣合法，在場的人心肝頭的重擔才攏放落來。這時，村長閣雄雄問一句：「你知影一年是啥物無？」

這時，毋但[10]燒酒醉的查埔人現出迷茫的表情，在場所有的人嘛攏開始進入腦筋急轉斡[11]的狀態，村長輕輕鬆鬆講出伊自備的答案：「一年乎，就是月娘圓12遍啦！」

親像詩全款的言語一出，實在予人無呵咾嘛袂用得。村長驚燒酒醉這位男主角無看月娘的雅興，紲落，又閣提出備案：「你若是無閒好看月娘，嘛無要緊……」

伊越過頭，用手指頭仔指客廳壁頂掛的大疊的日誌[12]，講：「今仔日是新曆過年，以後，你逐工早起起來裂[13]一張，等攏總裂了了，就是一年。知無？」

查埔人最後無等甲月娘圓12遍，就因為酒醉予車挵[14]著，一命歸西，聽轉去辦喪事的彼位太太講，壁頂的日誌毋知何故，一張嘛無裂落來，一直停佇談判彼个新曆初一

9　離緣書（lī-iân-si）：離婚協議書

10　毋但（m̄-nā）：不止

11　轉斡（tńg-uat）：轉彎

12　日誌（lit-tsì）：日曆

13　裂（liah）：撕

14　挵（lòng）：撞

彼一工。

華文原收於《純真遺落》（九歌，2010）

準若阮兜的查埔人佮你仝款

今仔日去嘉義南華大學演講，轉來的時陣，又閣坐高鐵。佇車頂，我看一時仔的冊了後，目睭瞌咧歇睏，可能睏一時仔，目睭裘開了後，發見竟然到囉，雄雄想欲衝出去，才看著車頂猶有足濟[1]人坐咧，原來干焦到板橋而已。

我小整理一下仔行李，南華大學送我一包米、一罐清潔劑，兩本厚厚的冊，逐本攏差不多400外頁，另外，閣有一个內底园感謝狀的真重的盒仔。

我的手已經麻足久囉，無法度提傷重的物件，看著其中有一本《獻予旅行者的365日》，我厝裡已經有兩本囉，就共這本冊园入去頭前的網袋仔底，予伊去結另外的緣份。

坐佇邊仔的一个查埔人看著，問我是按怎無欲紮[2]走。我說明以後，伊講：「我會當反[3]一下仔看覓無？」

---

1 足濟（tsiok tsē）：很多

2 紮（tsah）：帶（東西）

3 反（píng）：翻閱

看幾頁以後，伊表示想欲提轉去厝裡看，我當然歡迎伊按呢做，冊編出來就是欲予人看的，內底節錄365篇古今的作品，有的是詩，有的是文章。

　　伊共冊合起來，開始大聲佮我講話，講台灣人毋知影惜寶，中華文化就是因為日本人統治受著殘害。如今的台灣人，干焦會曉崇拜西洋，掠做⁴西方的科學就比中國的文學較厲害。

　　「今咧！你看，巴黎的人去予人刣⁵，科學有啥物路用！敢會救得個？文化……」伊比跤畫手，放聲高論，我認真跟綴而且設法整理伊的意思，煞掠無頭摠⁶。佇某一個頓蹬⁷的時刻，我搶話問伊：「你是研究文化的？」伊講：「毋是！退休前，我是電機系的教授。」

　　我開始宣示主權：「歹勢，我學的是中國文學。」伊接咧講：「恁就是感覺電機比文學較厲害嘛！是毋是？叫是講科學……」我強勢插伊的話，講：「歹勢！我從來無感覺電機比文學較厲害。」

　　伊神神⁸半秒鐘，閣講：「敢毋是逐家攏按呢想？」

4　掠做（liàh-tsò）：以為

5　刣（thâi）：殺

6　掠無頭摠（liàh-bô-thâu-tsáng）：不得要領、抓不到頭緒

7　頓蹬（tùn-tenn）：停頓，通常因猶豫

8　神神（sîn-sîn）：出神、恍惚

我笑笑無講話。

伊講袂煞，聲音大甲四箍輾轉[9]的人攏聽著囉，隨个[10]越頭看伊是何方神聖。伊毋管，猶閣講甲大細聲，我掠著幾个關鍵詞：「我佇史丹佛大學看著李遠哲……」

「台灣人太欠自信……」「母系的社會……」「這個問題完全是查某人舞[11]出來的……」閣來是：「阮太太若知影我佇高鐵面頂佮你講話，一定又閣罵我是痟的，亂來、無聊。」

台北站到囉，我莫名其妙予伊轟炸幾若分鐘。

逐家攏徛起來，對阮坐的方向行過來、看過來；我嘛徛起來，揣一个伊的話縫，真優雅、微微仔笑咧對伊講：「恁太太是著的，伊真巧[12]，準若阮兜的查埔人佮你全款，我嘛真袂放心。」

聽著的人攏笑出來，伊猶閣做最後的困獸之鬥，講：「查某人上戇，數想欲控制查埔人，毋知影……」我快步行去伊的頭前，越頭[13]無客氣共伊講：「你真正是沙豬。」然後，落車，快步行離開。

9　四箍輾轉（sì-khoo-liàn-tńg）：四周、周遭

10　隨个（suî-ê）：一個接一個

11　舞（bú）：搞

12　巧（kiáu）：聰明

13　越頭（uat-thâu）：回過頭

　　我今仔日實在無應該佇眾人面前罵人！但是，我實在有不得已的苦衷啊！

（2016）

妙手也難回天

前幾工，拄著老朋友，互相問起現此時身體的狀況，我提起手麻的老症頭。

伊講，伊本來嘛手麻，去拄著一位神奇的中醫，干焦食兩、三個月的中藥就好囉。

伊講醫生醫術高明，歹掛號，但是掛一號會當予兩个人看診，伊介紹一位朋友去，會使去佮彼位已經掛號的朋友參詳，請伊焄[1]我做伙去。

第二工是看診日，老朋友講伊有代誌，無法度焄我去。我請教地址佮中醫診所的名，伊的講法真趣味：

「對松山捷運站2號出口行出來了後，正手爿有一個市場，對市場內直直行入去，佇饒河街佮八德路中間，有一間中醫診所，對玻璃門看入去，內底攏是人的彼間就是啦。」

我問伊彼位掛號的朋友生做按怎，我歹勢提伊的名一个一个去問，至少嘛著愛知大約仔的外表，才閣出喙去

---

1 焄（tshuā）：帶、領

問。伊講：「差不多40歲抑是37、38左右啦，有小可仔鬍鬚，面有寡仔紅紅的。」

伊的說明遮爾簡單，使我有一點仔緊張。我著愛像福爾摩斯辦案全款，佇松山市場內底揣「對玻璃門看入去，內底攏是人的彼間」中醫診所，閣再揣一位生做親像關公的男子，請伊朱我同齊去看醫生。

九點外[2]出門。佇捷運面頂，有一位面冊的朋友寫私訊來提醒我：「對捷運站2號出口真長的電梯起來，正手爿有兩條全是各式各樣擔仔的小通道。你就愛對出來了後的第二條通道才斡[3]入去，差不多百外公尺的所在，佇倒手爿有一排長長的落地窗仔，坐足濟排隊等候的人。」

按呢的提醒真正是清楚閣明白，尤其是必須「對出來的第二條通道才斡入去」這幾字，真正是菩薩心腸，解除真可能發生的困擾，這種指引方式袂當親像量約仔[4]的文學，絕對需要精密的科學。

但是所有的煩惱攏無發生，因為一向體貼的老朋友林耀堂先生看著面冊上我寫的困擾，排除萬難親身前來接應，而且介紹彼位我叫是親像關公的朋友予我熟似，好得佳哉耀堂兄有親身來，彼位先生根本是一位白面書生，雖

2　外（guā）：多

3　斡（uat）：轉彎

4　量約仔（liōng-iok-á）：大約

然有寡鬍鬚，但是比較起來，應該是佮「劉備」較成！

　　所有的流程佮面冊頂朋友的留話完全全款，問診的時干焦節脈[5]兩秒鐘，伊的診斷是：「你睏眠無好。」（我心內OS：這應該是對腫腫的目睭佮戀戀的目神會當看出來。）

　　我辯稱：「袂穩啊，我干焦食一點點仔安眠藥爾。」醫生回我：「食安眠藥猶閣講好？以後你就知影，全身會有硞硞[6]像柴頭人。」伊閣講：「胃腸嘛無好。」（我心內閣OS：到這个年歲來，每一个人加減攏嘛小可仔[7]有胃腸方面的毛病吧？）

　　紲落去，伊鐵口直斷講：「你肩胛頭[8]緊張，定定會腰痠背疼。」（我心肝閣OS：這應該也是所有求診患者的通病吧？）

　　然後，伊閣問我：「除了遮的以外，你猶閣有啥物毛病？」我講：「我目睭焦澀。」醫生簡省評論講：「睏了無好，目睭怎樣會袂焦澀！」

　　我講：「目睭皮佮皮膚定定會癢呢。」醫生馬上教訓我：「閣抹化妝品啦！規面爛hop-hop都會。」

5　節脈（tsat-bėh）：把脈
6　有硞硞（tīng-khok-khok）：硬梆梆
7　小可仔（sió-khuá-á）：稍微、一點點
8　肩胛頭（king-kah-thâu）：肩膀

　　我毋知欲按怎辯解，原本想欲講：「啊人歌星、影星規面糊到若抹壁都攏無代誌，憑啥物我素顏出門驚嚇驚著人，干焦抹一點點仔粉爾，就按呢！」想想咧，忍牢咧，驚伊看我擘喙擘牙[9]，等一下佇藥材內底下啞口[10]藥仔，就食力[11]囉。

　　提一大包藥材，轉到厝。食過中晝頓，忝甲佇膨椅面頂竟然睏去。三點約朋友佇附近的「木瓜牛奶」店見面，兩點外，阮翁共我叫醒，我兇兇狂狂去約會。四點外轉到厝，又閣忝甲欲死，目睭皮一直垂落來。

　　我倒落眠床頂，無啥氣力共阮翁講：「這个醫生實在真厲害啊，才節脈兩秒鐘，藥仔都猶未食咧，失眠的毛病就醫好囉。」話猶未講煞，又閣陣亡矣。

　　糊里糊塗中，親像聽著阮查某囝對佣老爸講：「媽媽早起[12]起來若像猶袂記得啉咖啡，莫怪[13]忝甲按呢。」醒來，我才想起我是去看手麻的，哪會袂記得講重點咧！真糊塗。看來，真正厲害的是咖啡，毋是醫生。

　　連續食幾若禮拜的藥仔以後，我閣去神醫遐提藥仔。

9　擘喙擘牙（peh-tshuì-peh-gê）：尖牙利嘴、善辯

10　啞口（é-káu）：啞巴

11　食力（tsiảh-lảt）：不妙、糟糕

12　早起（tsá-khí）：早上

13　莫怪（bòk-kuài）：難怪

　　醫生問講：「按怎？頂帖的藥仔食了有感覺較好無？」我歹勢歹勢回伊：「並無感覺有較好呢！」醫生講：「既然如此，恐驚真正無效啦！我無法度囉。」神醫究竟毋是神，伊嘛宣告投降，我只好衰衰仔轉去。

　　此事其實有前兆，去看最後一擺醫生的前幾工，我捀煮中藥的啞口新婦[14]轉去台中的時，阮翁一下無細膩[15]，啞口新婦煞予伊挵破[16]去，我臆應該就是啞口新婦咧共我預告，講從今以後，我毋免閣再麻煩伊囉。

（2016）

---

14 啞口新婦（é-káu sin-pū）：煎中藥壺的俗稱
15 無細膩（bô-suè-lī）：不小心
16 挵破（lòng-phuà）：打破

輯三
講一個故事予恁聽

作家佮影星的差別待遇

　　以前，作家欲出冊，干焦坐佇厝內，拍拚寫，寫了，共稿投去報社，報社才一篇一篇刊出來。等文稿累積甲一个坎站[1]，共鉸[2]落來、貼好勢的文章送去出版社，予伊抾字排版，最後一擺的校對做了以後，作家的任務就算完成。紲落來[3]，只要佇厝內曲跤撚喙鬚[4]，等領稿費抑是版稅，就會使矣。

　　現代的作家，就無遐爾仔簡單，著愛有十八般的武藝才會當應付。

　　編輯講：「準若有一寡仔[5]圖來相配可能會較好。」伊一下出令，作家就愛開始準備插圖，閣愛家己共圖掃描出來。

　　無偌久伊閣講：「你對家己的作品可能較熟似[6]

1　坎站（khám-tsām）：程度、階段
2　鉸（ka）：剪
3　紲落來（suà--lòh-lâi）：接下來
4　曲跤撚喙鬚（khiau-kha lián tshuì-tshiu）：翹著腿捻鬍鬚，形容悠閒狀
5　一寡仔（tsit-kuá-á）：一些
6　熟似（sik-sāi）：認識、了解

呢」，所以，作家就愛共所有的文章初步來分輯。

　　「作家上新的介紹，會當鬥相共[7]提供一下無？」當然囉，啥人會比你家己閣較了解你家己咧？

　　「請問你有最近的相片會當予阮無？若無，就用出版社內底幾若年前的相片。」作家想起頂擺佇報紙面頂出現的彼張青面獠牙閣老毋但[8]十幾歲的相片，緊共伊應講：「我家己來提供。」

　　紲落來，「宣傳的文案愛阮來寫無？抑是你家己來？」「我家己來！我家己來！」哎呀！是按怎欲問我？到底我是編輯？抑是作家？

　　出版業足競爭，文學冊的市場愈來愈細[9]，宣傳的手法愈來愈濟。冊欲裝訂進前，可能會先送1000張左右的蝴蝶頁予作家，作家覆[10]佇冊桌仔頂簽名簽甲手糾筋，閣共遮的[11]簽好的蝴蝶頁寄轉去出版社，予個送去印刷廠裝訂，當做是簽名冊。

　　聽講有作家的簽名，就會當誕[12]讀者加買寡，既然編輯都如此心機用盡，作家哪敢無拚命配合！

7　鬥相共（tàu-sann-kāng）：幫忙

8　毋但（m̄-nā）：不只

9　細（sè）：小

10　覆（phak）：趴

11　遮的（tsia--ê）：這些

12　誕（siânn）：引誘

　　新冊發表會當然嘛袂省得，現代作家毋但愛會曉寫，閣愛會曉講、會曉演，講甲尾仔，閣著愛會曉笑頭笑面講：「工商服務時間又閣到囉！」閣來，就拍拚推銷新冊。

　　有的讀者足凍霜[13]，無買冊無打緊，閣提一張細細張仔的紙排隊討簽名，簽了，順紲[14]閣要求作家著微微仔笑佮伊做伙翕相[15]。作家做到這款地步，佮演藝人員已經無啥無全款囉。但是，兩種行業的待遇是真正無全，除了報酬差甲誠濟以外，嘛無讀者會像歌迷影迷全款，一路逐到機場抑是高鐵來送行，閣喝[16]甲 hì-hè 叫。

　　我會記得有一年，我按日本福岡機場拄欲坐飛行機轉來台灣，雄雄看著一大陣人，共機場四箍輾轉[17]包圍起來，原來是韓國影星的 fans 來共伊送行。等欲安檢的時陣，我拄好佮這陣影迷相拄搪[18]，看個規捾[19]人熱怫怫，眼神射出愛慕的金光。

　　彼个予人叫做「信將」的查埔影星到底是啥人？哪會

---

13 凍霜（tàng-sng）：小氣、吝嗇
14 順紲（sūn-suà）：順便
15 翕相（hip-siòng）：拍照
16 喝（huah）：喊、叫
17 四箍輾轉（sì-khoo-liàn-tńg）：周圍
18 拄搪（tú-tńg）：相遇、遇上
19 規捾（kui kuānn）：整串、整群

遮爾仔迷人？伊是演啥物角色抑是唱啥物佫爾仔感動人的歌？竟然予遮濟人從來機場共伊送行。規个瞭[20]過，差不多攏是少年查某囡仔，若準有年歲小可仔較懸的，看起來極加[21]嘛才45歲爾爾。

　　信將通過包圍出來的一條路才無一分鐘，翕相的翕相、歡呼的歡呼，袂輸[22]胡蠅看著肉。信將對我身軀邊行過，看起來都一个真普通的少年人爾爾，有時仔對群眾擛手[23]，這个時陣，家己感覺予彼雙手安慰著的人，隨激動甲吱吱叫，個的聲音，若親像是對心腹腸肚內底拚出來的。

　　信將真緊就消失囉，影迷卻是毋甘擂擂[24]。代誌猶未煞，愛著全一个人的影迷開始互相握手、相攬，個可能是第一擺見面，嘛可能早就有組織fans的團體，我雖然聽無日語，毋過，對個彼款親切的肢體語言，看會出來個是咧互相熟似、開講、換名片，甚至交換聯絡方式。

　　「啊！是遮爾仔幸福的一陣人啊！」我按呢想，嘛想起我的少女時代，對《梁山伯佮祝英台》的梁兄是佫爾仔

---

20 瞭（lió）：瞄、大略看

21 極加（kik-ke）：最多

22 袂輸（bē-su）：好比、簡直是

23 擛手（iàt-tshiú）：招手、揮手

24 毋甘擂擂（m̄-kam tiuh-tiuh）：極為捨不得

痴迷，凌波當年造成的萬人空巷已經變成一个都市傳奇。

　　有人通好崇拜的人，表示伊猶閣有四散的熱情，伨天真可愛，有滿滿的時間通好「追星」，予家已滿腹鬱卒的靈魂得著救贖的希望。雖然可能有人認為伨實在是無聊一族，毋過啥物款的人生才是「有聊」呢？我佇機場看著這一幕，深深感動，若毋是身軀邊有一个嚴格的監察官目睭金金共我管牢咧，我可能嘛會綴[25]咧大聲喝咻喔。

　　既然作家已經開始明星化，是毋是有一工，嘛會予人愛慕甲這款的程度咧？想到遮，我煞家己戇戇仔咧起愛笑。

（2015）

---

25 綴（tuè）：跟、隨

到底失智的是啥人？

老人的固執，我佇阮老母身上充分見識。伊講伊無想欲閣佇後生佮查某囝的厝中間來來去去，伊已經對這種生活感覺真厭氣。我講：「按呢，你就莫閣搬啊！固定踮佇我遮就好矣。」

伊毋肯，講無這个道理！曷毋是[1]無後生，哪會使長期踮佇囝婿的厝內。勸來勸去，伊就是堅持欲搬轉去舊厝家己踮。按怎勸，伊都無欲聽，只好隨在伊去。

後來，佇每日例行的電話中，伊聽起來攏萬分自在快樂。我開始思考進前的考慮可能有需要閣斟酌的所在。既然踮佇伊熟似的厝內，予伊較有安全感，哪著以安全為名，強迫伊過無自在的生活！

因此，我開始做另類的思考：假使會使替伊揣一个外勞做伴，兼煮飯、摒掃的工課[2]，可能就會當解除伊佮我的憂心。但是，這種想法隨予人潑冷水。聽講申請外勞的

---

1 曷毋是（a̍h-m̄-sī）：又不是
2 工課（khang-khuè）：工作

資格真嚴格，除了身障以外，無論年歲偌爾仔[3]大的老人，只要猶會當行動，抑是心智猶閣清楚，就攏袂當申請。阮老母雖然已經超過80歲囉，猶閣真老康健，看起來嘛無啥希望。我難免心內毋願，定定[4]聽講這个、彼个電視台少年記者的囡仔攏交予外勞照顧，是按怎老人顛倒袂使得！

　　老歲仔雖然表面上看起來健康，但是各項的器官攏開始老化，血壓、血糖、血油差不多攏開始出問題。早起到暗頓吞落腹的一搣[5]閣一搣的藥丸仔，每一粒攏分別負擔維護身體某一个器官的任務。閣加上無頭神[6]、跋倒、反應慢，若無人隨時佇邊仔看頭看尾，其實不止仔危險。

　　既然無願意倩非法的外勞，無的確[7]為伊揣一个人蹛鬥陣，會是一个好主意。所以，我佇台中佈下天羅地網，拜託台中地區熟似[8]的教授，鬥相共佇學校放出消息，徵求想欲以簡單摒掃來換蹛的大學生厝跤[9]。可惜，因為舊厝離學校猶有一段路，並無任何回應，予阮真失望。

3　偌爾仔（guā-nī-á）：多麼地
4　定定（tiānn-tiānn）：時常
5　搣（me）：一把
6　無頭神（bô-thâu-sîn）：健忘
7　無的確（bô-tek-khak）：說不定
8　熟似（sik-sāi）：認識
9　厝跤（tshù-kha）：房客

有一擺，逐家咧開講，有一个朋友建議我設法去揣一个外勞。伊甚至傳授我申請外勞的祕訣，講：「其實，只要借一台輪椅，予恁老母坐。共伊捒[10]去醫生面頭前，叫恁老母激予[11]戇戇，毋管醫生問啥，恁老母攏做出戇戇的表情，眼神放予散散，講話喑噁[12]喑噁，一直重複醫生講的最後一兩字，保證萬無一失！」

我感覺這个主意可能袂穤[13]！啥人知，我半滾笑[14]佮阮老母參詳的時陣，伊竟然足受氣，伊講：「人醫生讀醫學院，智商攏嘛足懸[15]咧，伊曷毋是戇人！親像我按呢巧巧的人，目神看起來就是足聰明咧！伊哪會看袂出來！」

我共伊講：「就當做是搬戲啊！就是因為你真聰明，才有可能要求你假失智！啊若無，哪有可能騙人！你想看覓咧，若正經是失智，哪有可能乖乖坐佇輪椅裝痟的！著無？」伊拍死嘛毋肯，一直講以伊的聰明智慧，醫生定著[16]對眼神中就看會出來！毋管我按怎勸伊，伊就是毋肯

---

10 捒（sak）：推
11 激予（kik hōo）：假裝作
12 喑噁（ìnn-ònn）：講話含糊不清
13 袂穤（bē-bái）：不錯
14 滾笑（kún-tshiò）：開玩笑
15 懸（kuân）：高
16 定著（tiānn-tiȯh）：一定

合作！我按呢無彩工，有一點仔落氣[17]，明明無正經想欲按呢做，但是遮爾簡單的代誌，為著面子，伊就毋肯委屈一下！予我感覺真正意外。

　　既然伊無愛，我規氣共伊另外出一个主意，講：「啊無，按呢好啦！換我坐輪椅，你來揀[18]！我來假失智，你看按怎？」

　　阮母仔竟然真惡毒回我：「親像你會想出這種漚[19]步數，我看你喔，毋免裝痟的，就已經足成失智囉！」

華文原收於《不關風與月》（九歌，2003）

---

17 落氣（làu-khuì）：丟臉、出糗

18 揀（sak）：推

19 漚（àu）：差勁、爛

掠出失眠元兇

　　講著失眠，真正有規米籮的話。親友當中，深受失眠痛苦的人袂少。只要講起失眠，馬上會引來真濟共患難的革命情感。開始先互相比較失眠程度的懸低、食安眠藥的歷史長短，紲落去是提供有效抑是經過實驗以後無效的非藥性偏方，譬如：欲睏進前先食牛奶、啉薰衣草茶、去走3000公尺等等。

　　閣來的大戲齣，就是討論安眠藥的品牌、藥性、藥效，劑量，相互勉勵，並且講一寡仔有的無的、自欺欺人的話。

　　譬如講：「醫生講，根本袂有啥物副作用！……好啦！就算講有一寡仔副作用，若準規暝失眠，目睭金金舞甲一个人忝[1]甲欲死，不如一粒藥仔共伊食落去，一暝到天光！予精神較好咧，來面對人生。」

　　「阮一个親情[2]，食一世人的安眠藥，最後，嘛無著精神病！食甲90歲才過身！」

1　忝（thiám）：累
2　親情（tshin-tsiânn）：親戚

　　一个朋友，甚至聽講我受失眠之苦卻無時間去揣醫生提藥仔，隨用快捷的郵件佮我分享伊多年累積落來的安眠藥。

　　佇某一个程度上，阮翁佮我會當算是琴瑟和鳴，唯獨失眠這件代誌，我按怎都無法度予伊明白其中的滋味。

　　我目箍烏烏佇烏暗中苦等天光，伊反身無張持[3]看著你的目睭猶閣褫甲遮爾大蕊，干焦會涼涼仔共你指點「啊你就是烏白亂想啦！目睭瞌起來，啥物代誌攏莫想，一時仔就睏去矣！」

　　真正是食飽毋知別人腹肚枵。若準失眠是遮爾仔簡單就會當解決，台北市的足濟精神科醫生恐驚攏愛失業囉！前幾年，我拄拄才開始有失眠的前兆的時，阮翁猶勸我用意志來對抗、用飲食療法來改進，抑是用規律的生活來對付，用盡各種的方法來阻止我食安眠藥。

　　但是，經過長時間的抗爭失敗了後，大概是因為我的情緒已經影響著伊的作息安寧，最近幾擺，伊竟然主動共我提醒講「欲食一粒藥仔無」？予我起僥疑[4]伊敢是欲「謀害親妻」。

　　對失眠的發生，我做過誠濟研究。這款的病症大部份會發生佇敏感、活動力強的人身上，像我這種活跳跳的人

3　無張持（bô-tiunn-tî）：突然、冷不防
4　僥疑（giâu-gî）：猜疑

絕對是懸危險群；彼種動作慢吞吞、參[5]脈搏都跳比人較慢的人，較袂受著環境影響。

遮的[6]慢動作的人不管換眠床、眠床頂換人睏抑是前廳火燒厝，攏會維持某種程度的安靜。所以，只要頭一下靠落去枕頭，隨毋知影人，阮翁就是其中的典型。

嚴格講起來，害我慉心[7]的兇手毋是別人，正是阮翁。伊緊落眠[8]、睏了閣甜的功夫，予我怨妒甲睏袂去。我才拄欲專心培養睏眠的情緒的時，伊已經鼾鼾叫起來。

我干焦想著伊竟然佇太太著急不安、睏袂落眠的時，猶原會當高枕無憂，就誠憤慨。有幾擺，我甚至佮伊參詳，講：「啊無麻煩你好心一下，共睏眠的時間延後，等我睏去了後，你才上眠床。」

啥人知，我倒佇眠床頂，專心設法予家己睏去，不斷警告家己：「緊睏啦！緊睏啦！伊咧欲入來房間囉！」心內足驚袂赴佇伊入來房間進前睏去，會辜負伊的好意！愈想愈緊張，愈緊張就愈睏袂去。伊佇客廳苦苦等待半工，叫是我已經去拜訪周公矣，跕跤跕手上眠床，毋是我臭彈，無到一秒鐘伊就用鼾聲來回應我的多情。偏偏伊的鼾

5　參（tsham）：連
6　遮的（tsia-ê）：這些
7　慉心（tso-sim）：煩心
8　落眠（lòh-bîn）：熟睡

聲變化多端，音樂性十足，一時仔若像猛虎落山，有時仔
閣像風掛雨，起起落落，一夜若咧聽雄壯威武的混聲合
唱，閣較予人睏袂去。

　　失眠引發的痛苦，並毋是單純的睏袂去。其實，其中
最大的痛苦，是無法度確定是毋是睏會去。講較清楚，就
是對藥物的猜疑。無論醫生按怎保證並無副作用，失眠者
的共同信念基本上是：「會當免食，就上好莫食」。

　　雖然經過失眠的拖磨，樂觀的天性猶是無予我對「自
然睏去」這件代誌完全失去信心，我猶是毋肯清清彩彩就
向藥仔投降。攏佇眠床頂反過來反過去，兩三點鐘了後，
才願意承認失眠確實已經來囉。

　　問題是，暗光鳥全款的我，上眠床時間本來就晏[9]，
閣無當機立斷的魄力，經過一番的捙跋反[10]，時間差不多
咧欲天光囉。食抑是毋食藥仔，變成兩難。

　　有一擺，因為忝過頭，我佇欲天光的時猶是不顧一切
共一粒藥仔食落去，煞佇勉強起身了後的八點第一節的課
堂頂，戇神[11]戇神、語無倫次，差一屑仔予學生判定是無
適任的老師。

　　定定佇失眠的暗時，我會發揮讀博士學位時追究到底

9　晏（uànn）：晚

10　捙跋反（tshia-puah-píng）：反覆折騰

11　戇神（gōng-sîn）：茫然恍惚

的精神，拍抐揣出造成失眠的禍首。

「是啉咖啡啉傷濟？」「無啊。佮無失眠的每一工仝款，攏啉兩杯爾。」

「是啉咖啡的時間太接近欲睏的時間？」「嘛無啊。幾工前，閣較晏的時陣啉，嘛照常睏去啊。」

「是為著明仔早起的演講，傷緊張？」「應該毋是。偌大的場面都捌拄過囉，小小的文藝營上課算啥物！」

「是今仔日演講了傷歡喜？」「哪會！今仔日講煞以後的拍噗仔[12]聲嘛無特別熱烈！」

「抑是稿債傷濟、負擔傷重？」「無可能！專欄就準吊鼎[13]，報社嘛欶按呢就收起來；主編十萬火急來約的稿就算無如期寫出來，也親像嘛無人催啊，我有啥物負擔！」

「是無細膩[14]講毋著話，咧懊惱？」「哪有這款代誌！這个時代參總統都逐工講毋著話，我哪著愛按呢自責咧！」

「是學生遲到早退、作業無寫，咧受氣喔？」「更加無可能！這馬的學生認真的人無幾个，有幾个仔誠誠懇懇認真聽課，我就已經足感激矣！欶為這種代誌受氣。」

---

12 拍噗仔（phah-phȯk-á）：鼓掌
13 吊鼎（tiàu-tiánn）：斷炊
14 無細膩（bô-sè-jī）：不小心

「是電視報紙頂桃色的糾紛滿滿是，你驚恁翁無張持走去？」「講耍笑！翁若準欲走，闍嘛闍袂牢，操心有啥物路用，我才無遐爾仔戆！」

一直想、一直想，愈想愈睏袂去，愈睏袂去就愈受氣！像我這種遮爾仔看會開、開朗，規工莫名其妙歡喜的人，竟然著愛佮失眠相拄搪[15]，真正是無啥物天理！

頂年熱天，阮夫妻兩人同齊到紐約進行國科會的計畫，拜訪海外的作家。每一工，透早就起床，佇曼哈頓的街仔路頂走傱[16]，佇若蜘蛛網的地下鐵來來去去，倒轉去到歇睏的旅館，忝甲若一隻吐舌的狗仔，啥物攏袂赴[17]想，倒落去就睏，就按呢度過一个佮失眠講再見的熱天。

阮翁共我恥笑講：「啊，就是無夠忝啦！規工坐佇電腦桌仔頭前，四體不勤是袂使的！活動、活動，欲『活』咧就愛『動』啦！」

有事件佐證，這个講法感覺力道十足，我差一點仔就予伊說服囉。

一日，母親對南部來，看著桌仔頂的安眠藥，竟然歡頭喜面講：「啊！我袂記得紮安眠藥來，拄咧煩惱講暗暝會睏袂去，好佳哉你遮有。頂回，我去恁大姊遐，嘛是食

---

15 拄搪（tú-tn̄g）：遇到
16 走傱（tsáu-tsông）：奔波
17 袂赴（bē-hù）：來不及

伊的藥仔！伊的藥仔，藥性較強，我食一粒而已，睏到第二工還規身軀軟kauh-kauh！

「恁二姊食的彼種，比較起來藥性較溫和！恁四姊攏叫伊寄轉去台中予伊！……頂擺，恁屘兄去屏東耍，袂記得紮藥仔去，一暝目睭金金到天光！恁大兄嘛是……」

真兇出現囉！長年以來我不斷反省，註定是白了工！這根本是遺傳病嘛！什麼「活動」無「活動」！我無一路查起去，看阮的外媽、祖媽是毋是全款有失眠的症頭，但是滿門有「病」一同，遺傳機率之懸，已經不容辯解！

若是煩惱、壓力、咖啡、飲食……的因素，攏猶有直接的解決方案，比如：減一寡工課、減啉幾杯仔咖啡，抑是心情共伊放較輕鬆咧……等等，但是，既然證明是遺傳毛病，就干焦會使恬恬[18]坐咧迢等死囉！啊！想到遮，慼心[19]失志，規氣[20]將對抗失眠的所有想法攏總共放掉。

做你來！若準註定失眠，我只好下定決心佮伊握手講和！彼暗，我意外得著一暝足安穩的好睏眠！

華文原收於《五十歲公主》（九歌，2010）

---

18 恬恬（tiām-tiām）：安靜、不作聲
19 慼心（tsheh-sim）：灰心、絕望
20 規氣（kui-khì）：乾脆

等我親像伊遐爾仔老的時陣

佇開往左營的高鐵面頂坐好無偌久[1]，就予各種的便當氣味包圍，強欲袂喘氣。

對新竹站起來一位穿格仔衫的老歲仔，坐來我邊仔。坐落以後，伊先提手機仔出來敲電話，講：「我已經上車囉。」對方的聲音對手機仔內底出來，誠有禮數的款，講：「我知影囉，多謝老師。老師著愛細膩喔，再會。」

我心內想，老師去看學生呢，誠好。

老先生真小心共手機仔收予好勢，紲落來，對烏色的皮包搣出一个紅包袋仔，抽出一疊1000箍的銀票，手搵一下仔喙瀾[2]，開始算起來。

我不知不覺佇心內嘛綴伊算：「一、兩、三、……」攏總12張，1萬2000箍。

算了，閣共銀票貯落去紅包袋仔內底，對表情我看袂出伊有滿意無。我心內按呢想：「必然是一位受敬重的老師，這个學生實在真厚禮數。」我誠欣羨伊，等我像伊遐

1　無偌久（bô-guā-kú）：沒多久

2　喙瀾（tshuì-nuā）：口水

爾仔老的時陣，敢會有學生按呢對待我？

　　這時，伊的手機仔又閣響起來，是誠特別的來電聲：「來迎接旅客的朋友，從北京來的飛機就要……」聲音猶袂講了，伊共電話接起來，沓沓仔³講：「我坐的車，1點36分到左營……」猶袂講了，車拄好經過磅空⁴，訊號煞斷去。

　　連紲幾若个磅空，伊的手機仔佇磅空佮磅空中間的閬縫⁵吼來吼去。伊全無掛意，一擺嘛無接。我拄替伊咧著急，伊看向窗仔外，暫時是一片平疇囉，伊才真優雅共手機仔接起來。

　　電話中的男子講：「爸，我1點40分佇全所在等你。」

　　誠理性淡定的老大人，伊無佮磅空比速度，無做無路用的爭取。

　　啊，我閣佇心內按呢想：等我佮伊全款的年紀時，我的囡仔會像伊的後生全款有耐性、有孝心來對待我無？

　　我拍開咧看的冊猶閣停佇全一頁，毋過老先生真安心的款，已經頭勾咧，睏去囉。

（2016）

3　沓沓仔（tàuh-tàuh-á）：慢慢地
4　磅空（pōng-khang）：隧道、山洞
5　閬縫（làng-phāng）：時間的空隙

講一个故事予恁聽

老母無代無誌忽然間愈來愈衰弱，跤骨愈來愈無力，行路愈來愈慢，胃口嘛愈來愈差！像伊這種的老年慢性患者，醫生總是無啥物耐性來應付家屬的問題，逐个醫生都講：

「啊，有歲矣啦！逐項機器攏嘛慢慢仔老矣！加運動、傷油的物件減食寡！無啥物問題啦！」

我毋相信！明明都知影問題誠濟，比如講，既然身軀一直瘦落去，哪會規个面愈來愈大！老母家己嘛感覺毋是勢[1]，開始交代後事，共我講：

「這擺一定無法度矣啦！度袂過去矣！我感覺人愈來愈無力。厝內彼口新買的電子鍋，你若愛，就提轉去恁兜用！我恐驚無法度閣倒轉去煮飯囉！」

我聽了足傷心，毋知欲按怎才好。有一工，無張持去予我想著市中心的一間私立的病院捌[2]宣傳一種「美式門診」，掛號費較貴，但是會當隨時預約佮意的醫生，毋

1　毋是勢（m̄-sī-sè）：不對勁
2　捌（bat）：曾經

但³毋免去了時間排隊掛號，嘛會當有較長的時間佮醫師慢慢仔討論。

按老母捾水⁴的面看起來，我判斷佮腰子抑是新陳代謝科脫不了關係，我馬上敲電話佮病院聯絡，請櫃檯小姐鬥介紹並且排定一位王醫師來看診。

30分鐘了後，阮入去到優雅安靜的診所。閣五分鐘，王醫生隨後綴來。伊知影阮老母較會曉講台語了後，開始使用無啥物輾轉⁵的台語佮阮老母輕鬆對談。

話題對症頭開始，伊聽著講這款的毛病已經拖一段時間，無啥歡喜，換華語共我責備：「為啥物遮爾久才來看病？」

我諍講捌揣過幾个醫生，只是逐个醫生攏講是年歲濟、機器老化的關係。王醫生用懷疑的眼光共我看，我雖然毋是諾巧，嘛隨看出伊目睭內底的懷疑！

紲落⁶，是病史的追蹤。醫生知影老母毋但有糖尿病，心臟的功能嘛無啥好，血壓閣懸，伊馬上問阮講：「啊恁有去上課無？」

「啥物課？」一向看著醫生就姿勢放甲足低的我，經過拄才佮伊眼光對著以後，態度更加謙虛囉！

3　毋但（m̄-nā）：不但、不只

4　捾水（kuānn-tsuí）：水腫

5　輾轉（liàn-tńg）：流利

6　紲落（suà-lòh）：接著、然後

「啥物課？恁媽媽有遮爾仔濟毛病，你攏無想辦法去上有關的課程？了解應該注意的代誌？按呢好！我問你，你知影啥物是糖化血色素無？……毋知影？恁媽媽糖尿病已經七、八年，你猶毋知？」

「歹勢！阮真正毋知影！請問佇啥物所在有咧講這款的課程？」

「每一間大型病院攏有啊！你毋知就傷譀⁷囉！可見恁根本都無咧關心恁老母的健康！」

我一句反駁的話嘛講袂出來，只是共阮老母偷看一下，佳哉頭拄仔遐的話是用華語講的，阮老母好親像猶袂赴⁸翻做台語，所以猶未感覺太悲傷！大夫看我無講話，竟然順勢閣提出另外一個問題：

「無去上課就準煞⁹！你敢有去請教營養師？阮病院的一樓有專業的營養師，你有共伊請教過無？糖尿病的患者有啥物飲食的禁忌，抑是應該按怎食才安全？你老母致著糖尿病遮爾仔久矣，啊你按呢……」

我咧欲見笑¹⁰死矣！毋過總袂使徛佇遐按呢予人一直唸。我跳過第一個問題，避重就輕講：「我知影啊！看病的時，醫生有講過，糖尿病患者袂當食糖份傷濟的物件，

7　傷譀（siunn hàm）：太離譜
8　袂赴（bē-hù）：來不及
9　準煞（tsún-suah）：算了、罷了
10　見笑（kiàn-siàu）：丟臉、羞恥

甚至飯啊麵啊這種澱粉的嘛愛控制。」

　　「按呢，你知影一粒菝仔[11]的含糖量有偌懸無？一碗飯又閣有偌濟卡洛里？一片俗麭[12]又……」

　　一个問題接一个問題一直提出，王醫生看起來是無欲放我煞！我呧呧挃挃[13]，毋知影如何回答，伊忽然間又重重出手，問我講：

　　「好！就算講你無時間抑是毋知影病院有營養師會當問，我閣請教你：你厝內捌買過相關的冊無？你做過這方面的研究無？你關心過恁老母無？無去上課、毋捌請教營養師，參一本冊你都毋捌買過……」

　　我拄歹勢甲塗跤[14]揣無一个空通好覕的時，王醫師反倒轉來換一个面色，用真歡喜的口氣呵咾[15]我：「毋過，今仔日你知影怎恁媽媽來我遮，總算有一件代誌做了著，按呢就著囉！……是講你哪會知影有這種的美式門診？」

　　我予伊重重拍入去地獄，閣莫名其妙予伊提升到人間來，心情誠複雜，差一點仔就無想欲佮伊講話囉！

　　王醫師提出幾張伊所寫的醫學報導，予阮提轉去厝內讀。紲落，閣予阮三條路來選擇：第一是繼續這款的門

11　菝仔（pát-á）：番石榴、芭樂

12　俗麭（siók-pháng）：吐司麵包

13　呧呧挃挃（ti-ti-tút-tút）：支吾其詞、結巴

14　塗跤（thôo-kha）：地面、地上

15　呵咾（o-ló）：稱讚

診，掛號費較貴之外，嘛無健保支付；第二是轉去普通門診掛號治療，按呢會當減輕負擔，毋過手續較麻煩；第三是規氣蹛院做徹底的檢查。

我請伊予阮一个專家的建議，伊按呢回答：「按呢講好啦！準若是阮老母，我一定安排伊蹛院檢查！按呢，你明白無？醫生干焦會當提供意見，袂使替恁做決定。」

予伊認定是不孝囝的人，毋敢閣有其他的想法，乖乖順從蹛院的建議。醫生開蹛院單、交代阮去辦手續以後，請阮等待蹛院通知。

伊做勢送客，我行出門診室了後，想想咧，袂放心，閣行入去問伊：「啊……就按呢喔？敢毋免先開一點仔藥仔？你毋是講蹛院可能愛閣排隊等幾若工？阮老母已經咧欲[16]袂堪得[17]，敢會當等遐爾久？」

醫生共邊仔的病歷抾[18]好勢，言語當中好親像藏啥物哲理全款，講：「我講一个故事予恁聽：有一个人到火車頭的窗仔口買票。賣票的問伊：你欲去佗位？伊講：我嘛毋知影欲去佗，我只是欲買票，請你賣我一張票。」

「你這个情形，就佮彼个買票的人全款。我當然會當馬上賣票予你，抑是清彩[19]賣你一張去上遠的屏東的票。問題

---

16 咧欲（teh-beh）：快要
17 袂堪得（bē-kham--tit）：受不了、撐不住
18 抾（khioh）：整理、收拾
19 清彩（tshìn-tshái）：隨便

是，你敢真正是欲去屏東？你去屏東的目的是啥物？到屏東去，敢會當解決你的問題？……我按呢講，你了解無？」

我共頭抓抓咧，行出診室。阮老母問我講，為啥物醫生無開藥仔咧？我予醫生的故事舞甲霧嗄嗄，只好假影家己真巧仝款回答伊講：「咱曷[20]無一定欲去屏東啊！」媽媽聽了嘛毋知影這个醫生是咧變啥魍[21]。

入院以後，王醫師是阮老母的主治醫生，逐工來巡病房的時，定定講古予阮聽。比如：阮請教伊，阮老母的糖尿病已經控制了真好囉，是毋是以後就袂有大問題？伊就按呢回答：

「予我講一个故事予恁聽！讀小學的時，我有一个同學足聰明！老師教的數學伊攏會曉，嘛攏考100分。伊就想講：我都攏會曉矣，哪著閣聽老師上課。所以，有幾若個月攏無專心上課。後來，閣再考試的時，煞考無及格。伊感覺足奇怪！明明進前都攏會曉啊！哪會變做按呢……這馬，你知影我的意思無？」

一擺，醫生叫阮老母去做眼底螢光血管翕相[22]，因為愛簽一張同意書，表示檢查有相當的危險。阮老母予彼張同意書嚇驚著，叫我去佮醫生參詳講：「醫生，會使莫去做

---

20 曷（àh）：又，表強調語氣
21 變啥魍（pìnn siánn báng）：搞什麼名堂
22 翕相（hip-siòng）：照相、攝影

眼底螢光血管翕相無？阮老母的目睭看起來曷無按怎！」

　　醫生笑笑，無事人全款講：「閣予我講一个故事予恁聽！我真愛去距山[23]。有一回，欲閣去距山。前一暗，我的朋友就建議我講：『既然氣象專家任立渝是你的好朋友，哪會無愛先去請教伊，看明仔載的天氣按怎？』」

　　「任先生一下看，就共我講：『明仔早起有風颱，千萬毋通去登山。』我轉達任先生的意見了後，另外一位無信邪的先生就講：『哪會？天氣看起來曷無按怎！』結果，你知影後來按怎無？伊自彼工去登山，一下去四年，到今仔日都猶未轉來！……這陣，你知影我的意思無？」

　　媽媽聽了霧嗄嗄，越頭問我這是啥物意思？我毋知影按怎共伊解說，只好講：「醫生的意思是愛聽任立渝先生的話啦，毋通清彩就去距山！」

　　王醫師其實是一个親切的醫生，伊真有耐性，一直講古予阮聽，企圖用詩經「賦比興」的「比」，來予患者對小故事內底明白大道理。

　　伊早嘛講，暗也講，講甲我有寡擋袂牢。我開始使用「以毒攻毒」的方法，嘛不厭其煩用一个閣一个伊看起來可能萬分孝呆的問題來請教伊。

　　我真歡喜發現，醫生慢慢仔開始疲勞！竟然一反常態

---

23 距山（peh-suann）：爬山

無耐煩回答我：「準若四、五分鐘會當共你解說清楚，阮哪著讀醫科讀甲七年！」

　　檢查的結果一項一項出來。頷胿腺[24]激素明顯不足，腰子[25]的功能小可仔無夠。王醫師看過檢查結果了後，交代過幾工愛倒轉來門診看伊佮另外一位頷胿腺科的醫生，伊簡單交代蹛院醫生了後，就離開。

　　腰子有開藥仔，頷胿腺著等門診了後才閣處理。我煩惱老母一工一工虛荏[26]落去，咧辦出院手續的時，纏一位蹛院醫生開寡仔頷胿腺機能不足的補充藥品。醫生袂堪得我姑情[27]，只好揣來一位頷胿腺科的醫生來問診。真相才揣著，原來所有的症頭攏對一粒小小的藥仔來的！

　　原來幾年前老母因為破病割除頷胿腺以後，一直食藥仔補充。這幾個月來，伊的家庭醫生突然建議伊會當停止服藥，時間一下長，頷胿腺機能煞嚴重不足，造成雙跤無力、面部搐水、頭眩目暗。

　　佇後來去門診追蹤的時，我講予王醫師聽，講我佇出院前一刻智慧的發現。伊叫是我強迫蹛院的腰子科醫生開新陳代謝科的藥仔，閣開始教訓我：

　　「予我閣講一个故事予恁聽啦：阮讀小學的時，因為

---

24 頷胿腺（ām-kui-suànn）：甲狀腺

25 腰子（io-tsí）：腎臟

26 虛荏（hi-lám）：虛弱

27 姑情（koo-tsiânn）：拜託、央求

老師的人數不足，所以，有一位音樂老師就予人分配去教歷史，結果阮的歷史予伊教甲亂七八糟。這馬，你知影我的意思無？」

教訓了，伊閣親像老師全款，問我講：「按怎？予你的家庭作業有紮來無？」

我掠無頭摠[28]，干焦抓頭。伊接咧講：「我毋是叫你每工共恁媽媽量血壓？你有做作業無？」

我拍一下仔頭殼而且如釋重負急急回答：「有做！有做！哪敢無做咧？我每工攏有共阮老母量血壓！而且閣詳細做記錄！」

醫生共手展開，問講：「啊記錄呢？有紮來無？」

我手挲挲咧，真歹勢共伊回講：「袂記得咧！歹勢！兇兇狂狂[29]走來。」

醫生完全無咧管外口候診的患者有偌濟，慢吞吞講：「按呢，我閣講一个故事予恁聽啦！我讀小學的時，有一位好朋友，逐工早起交作業的時，伊攏交袂出來。老師問伊：啊你作業有寫無？伊攏大聲回答：寫矣啦！老師就叫伊將寫好的作業提出來，伊每遍攏講啊袂記得紮呢！結果嘛免不了予老師用竹筍炒肉絲侍候……按呢，你知影我的意思無？」

---

28 掠無頭摠（liàh-bô-thâu-tsáng）：抓不到頭緒
29 兇兇狂狂（hiong-hiong-kông-kông）：慌慌張張

　　天啊！哪會有遐爾濟的故事咧？我牽起阮媽媽的手，真緊逃出門診室，老母用懷疑的眼神問我醫生到底咧講啥物？我啼笑皆非烏白講：「醫生講因為伊的小學歷史老師教甲亂操操，所以伊定定無交作業！嘛因此時常予佇老師拍。」

　　轉去的路上，我愈想愈毋是滋味！一向干焦搬演故事予學生抑是讀者、聽眾聽，如今，卻無故換我著乖乖聽人講故事。我開始佇心肝內拍算：後擺，閣再入診所的時，一定欲佇伊的第一个故事開始進前，搶咧講：

　　「慢且！這擺先予我講一个故事予你聽：往過，有一位誠愛講故事的醫生，逐工講古予伊的患者佮家屬聽。早也講、暗也講；入院的時講，出院前猶閣講；轉去門診嘛無放人煞。破病的人佮無破病的家屬攏因為按呢，一个一个攏致著聽故事症候群，頭眩、目暗，另外猶閣憂頭結面……按呢，你知影我的意思無？」

　　但是，我最後猶是無將這个想了閣想的耍笑講出來！因為，我驚聽我講故事的王醫師，可能欲閣講猶閣較濟、猶閣較長的故事予我聽！所以，我只是再三佇心內偷偷仔設想王醫生若準是聽著我的故事了後，可能會驚一趒的表情，並且佮阿Q全款，佇心內享受報復了後可能的爽快。

　　甚至，為著免去這款偷偷仔歡喜可能帶來的嚴重內傷，我決定嘛講一个故事予怹聽。……按呢，怹知影我的意思無？

　　　　　　　　　　華文原收於《讓我說個故事給你們聽》（九歌，2000）

玫瑰佮菊仔花

佇菜市仔轉斡[1]的所在，定定有一位倚欲[2] 50、留三分平頭的查埔人，頭犁犁[3]佇遐修理皮鞋。砛簷跤[4]的斡角，一台小型機器园佇矮矮肥肥的櫃仔面頂，邊仔有一隻細隻柴椅仔佮一隻較懸的竹椅仔，柴椅仔是查埔人家己坐，竹椅是為著等待的人客準備的。另外，就是一份報紙，有時陣予人客看，無人客的時，伊就家己看。

查埔人看起來永遠服裝整齊，佮普通時定定看著的師傅有寡仔無全款。伊真清氣相[5]，毋但家己打扮甲清清爽爽，伊所屬的地盤嘛收拾甲真扭掠[6]。櫃仔比機器較闊一點仔，佇機器邊仔加出來的所在，园一支瘦抽幼秀的花矸，花矸仔內底定定有一枝紅紅的玫瑰花。

看起來是一个真講究的人，參伊補皮鞋的姿勢都佮人

1　轉斡（tńg-uat）：轉角
2　倚欲（uá-beh）：接近、快要
3　頭犁犁（thâu lê-lê）：低著頭
4　砛簷跤（gîm-tsînn-kha）：屋簷下
5　清氣相（tshing-khì-siùnn）：愛好整潔
6　扭掠（liú-liåh）：俐落

無全款，親像有一種明快的音樂性。伊看起來真快樂，是彼種有感染性的快樂，逐擺經過伊彼个擔仔位，看著遮爾仔元氣十足的人，那佮人客講話，那認真作穡[7]，總是按[8]心肝底歡喜起來，感覺人生猶是有一寡仔意思。

有當時仔，我嘛會去伊遐坐坐咧，佮伊開講。有時是為著一枝故障的雨傘，有時是因為一雙鞋底破甲咧欲害去的皮鞋。

毋管是偌爾破、抑是偌爾漚[9]的物件，只要到伊的手內，伊攏會當講出一寡仔欲修理的物件的好處來，譬如講：「你莫看這枝雨傘，筋骨猶真勇哩！干焦紩[10]甲小可仔潦草……啥！你看，這馬敢毋是猶閣會當遮矣！」

「這雙皮鞋，雖然皮較差淡薄仔，但是，手工其實袂穤。定定保養，猶閣會當穿幾若冬咧……。」

物件經過伊的手了後，果然攏變甲新簇簇。

有一陣，經過遐幾若擺，攏干焦看著伊的工具展[11]佇遐，無看著伊的人。花矸仔內嘛無园花，我掠做[12]生理[13]

7　作穡（tsoh-sit）：工作

8　按（àn）：從

9　漚（àu）：破爛

10　紩（thīnn）：縫

11　展（thián）：攤開

12　掠做（liàh-tsò）：以為、當做

13　生理（sing-lí）：生意

無好,伊走去佗位踅街¹⁴抑是去揣人開講。

　　有一工,又閣看著伊坐佇遐,我趕緊轉去捾¹⁵彼雙欲修理的皮鞋。查埔人那補鞋仔,那共我講:「明仔載你毋通閣提鞋仔來修理喔,明仔載我無佇咧。」

　　我笑起來,講:「我今仔日都來矣,明仔載哪會閣來!若是猶有鞋仔欲補,今仔日敢毋是就同齊提來囉?」

　　查埔人笑甲真歹勢,彼个形佮普通時無仝款。我心內一動,問伊講:「你明仔載無欲來,你欲去佗位?」

　　查埔人看起來就像咧等我問伊這句,伊真緊搶咧講:「我欲去縣政府接受表揚啦……模範勞工,明仔載是五一勞動節。」

　　伊的態度是一方面小可仔驕傲,一方面又閣歹勢的款。我真替伊歡喜,趕緊共伊恭喜:「恭喜!恭喜!真厲害。厝內的人一定真歡喜,著無?」

　　伊恬了一觸久仔¹⁶,細細聲講:「你有發現我這幾工定定攏無佇咧無?阮老爸前幾工過身!我無閒幾若工囉,有閒就轉去一下。……叫是伊會當去看我領獎,想袂到……」

　　講甲遮,目箍隨就紅起來,我一時煞毋知欲按怎才

---

14 踅街(sèh-ke):逛街
15 捾(kuānn):提、拿
16 一觸久仔(tsit-tak-kú-á):一會兒

好。面對一位流目屎的查埔人，會使講是經驗中所毋捌拄著的，我親像自言自語全款，干焦一直重複講：「啊，歹勢歹勢，我都毋知，你著愛保重。」彼陣，我才發見花矸仔內，毋知影底時陣換插一蕊白色的菊仔花。

　　鞋仔修理好，我揹咧，行佇午後安靜的路上，頭殼底佮心肝內攏是彼个流目屎的面容佮彼蕊寂寞的菊仔花。

　　我踅去花店，選一枝紅玫瑰，轉去偷偷仔囥去菊仔花邊仔。查埔人拄好背後向我，頭犁犁，出力咧摵[17]皮鞋頂的線頭，我一句話嘛無講，越頭就走。

華文原收於《今生緣會》（九歌，1987）

---

17 摵（khiú）：拉

市場斡角的少年人

市場斡角[1]，每擺到假日，就有一位來賣刀仔的少年人，穿西裝、拍ne-kut-tái[2]，穿插[3]真講究。伊賣的刀仔，足濟種，切的、剁的、削的……逐項都有。伊佇遐拚死表演各種刀仔的用法，親像演員全款。一個禮拜日，我心情袂穩，不知不覺停落來觀賞。

表演拄進行到一半，穿插真整齊的少年人用伊職業性的自信，那扭掠示範各種刀仔的用法，那用喙配合動作來解說。伊的喙水[4]誠讚，手路[5]看起來嘛真媠氣[6]，我佇心肝內底一直共伊拍噗仔。

圓的、波浪形的、切絲的、一條一條的……各種菜頭、紅菜頭、冬瓜、刺瓜仔……接續搬出來試切。因為是禮拜日，觀賞的人共一个擔仔圍甲密密密。少年人受著鼓

1　斡角（uat-kak）：轉角

2　ne-kut-tái：領帶

3　穿插（tshīng-tshah）：穿著打扮

4　喙水（tshuì-suí）：口才

5　手路（tshiú-lōo）：手藝、技法

6　媠氣（suí-khuì）：做事漂亮、精彩

勵，愈講愈精彩。

最後，示範結束，少年人現出規喙白白的喙齒，微微仔笑，徵求逐家：「遮爾仔好的工具，厝內底準備一組，請人客、煮菜攏毋免煩惱，大範[7]又閣方便。有啥人欲來買一組仔無？」

觀賞的人群，像電影散場全款，突然間攏走了了。我猶袂赴反應，少年人又閣對我笑笑仔講：「這位小姐，你是毋是欲來一組啊？」

我四界看看咧，確定擔仔頭前並無別人。一方面因為伊稱呼我「小姐」，有淡薄仔歡喜，一方面嘛小可仔不忍心。遮爾仔拍拚做工課的少年人，明明是冷吱吱的寒天，伊的額頭猶閣一直流汗，嚨喉嘛喝咻甲梢聲[8]，就算無功勞，嘛有苦勞，一點仔希望都無人欲予伊，未免傷過殘忍。

所以，我問伊：「一組偌濟錢？」

「才300箍爾爾，俗閣大方。」

價數猶算公道，而且無偌濟，猶袂影響著菜錢的預算，我敨[9]一口氣，共伊講：「嘛好，提一組予我。」少

7　大範（tuā-pān）：大方、氣派
8　梢聲（sau-siann）：聲音沙啞
9　敨（tháu）：鬆開

年推銷員真歡喜，向腰[10]落去擔仔跤，揣一盒新的予我。
提起來以後，伊閣真周到，共一盒六、七枝的刀仔，一枝
一枝提出來檢查，看有缺點無。

　　我那佇袋仔撏[11]錢，那佮伊清彩開講，我老實講：
「其實，我買轉去嘛一定囥[12]咧，袂去用伊，我是看你遮
爾仔辛苦，所以⋯⋯」

　　話猶袂講煞，彼位少年人，忽然間共拄咧檢查的動作
停落來，共刀仔重新囥入去盒仔底，若像小可仔受傷：
「按呢，你毋通買，真的，我的刀仔干焦賣予確實有需要
的人，你無欲用，買轉去鎮地[13]創啥！」

　　我一下愣去，發見家己的話恐驚仔已經嚴重傷害著這
个少年人的自尊心。為著這个過失，我真歹勢，趕緊共伊
回失禮，而且補充講：「毋是啦！因為無聽著你前半段的
說明，有幾枝刀仔的用法毋知欲按怎用，買倒轉去恐驚袂
曉用，⋯⋯若無，你敢會當共頭前我無看著的彼部分閣示
範一擺予我看？」我共伊懇求。

　　少年人的面色轉較好一屑仔[14]，伊勉強答應，講：

---

10 向腰（ànn-io）：彎腰
11 撏（jîm）：掏
12 囥（khǹg）：放、置
13 鎮地（tìn-tè）：占地方
14 一屑仔（tsit-sut--á）：一點點、些微

「你按呢講嘛有道理啦。買物件轉去袂曉用，哪會使得！我這馬[15]閣示範一遍，你著愛斟酌[16]看喔。」

我感謝伊的寬宏大量，肯予我一个贖罪補救的機會。少年人又閣提起刀仔，一項一項表演。人群閣佮頭拄仔[17]全款，一陣一陣行過來。

人潮予我安全感，嘛予我抱歉的心小可仔得著安慰。毋過，我猶原毋敢完全放心，對一个充滿職業尊嚴的少年人，我只有端然受教。

示範又閣到一个段落，少年人像頭拄仔按呢，共刀仔囥佇桌頂，然後，大聲問：「有人欲紮[18]一組仔轉去無？」

人客又閣像拄才全款，向四方散去，走甲無半人。我徛直直，真有誠意攑手，搶咧講：「我啦！請予我一組啦，我有需要。」

我驚伊拒絕我，趕緊提出證據證明我毋是烏白講：「阮細漢囡仔上愛食有波浪的刺瓜仔佮菜頭，真的，我無騙你。」

華文原收於《紫陌紅塵》（圓神，1989）

---

15 這馬（tsit-má）：現在
16 斟酌（tsim-tsiok）：仔細、注意
17 頭拄仔（thâu-tú-á）：剛才
18 紮（tsah）：帶

秋日的黃昏

　　彼年秋天，毋知影是毋是錯覺，感覺特別美麗。代誌提早辦了，預訂的火車猶閣兩點外鐘才會來。我行佇后里小鎮清幽的街路上，忽然間想起一位足久無見面的好朋友，若親像蹛[1]佇附近，決定去試一下仔運氣。

　　我憑頂擺的記持揣，扭門鈴以後，來開門的是朋友的大家[2]。老太太聽我講是個新婦按台北來的朋友，就熱情共我招呼，伊講：「阮錦香仔去街仔買物件呢，應該咧欲轉來囉。入來坐一下，按遐爾仔遠的所在來，無入來坐一下，無欲笑死人咧！」

　　我坐佇整齊素樸而且充滿秋陽的客廳，佮老太太自在開講。老太太那泡茶、切水果，那共我呵咾個新婦的乖巧、體貼。伊講：「錦香仔嫁來阮這个田庄所在，攏無朋友來相揣。你今仔日來，伊轉來一定足歡喜咧，後擺[3]愛定定來，知無！」

1　蹛（tuà）：住
2　大家（ta-ke）：婆婆
3　後擺（āu-pái）：下次、以後

　　佇我蹛的城市內，定定聽著大家佮新婦互相埋怨的言語，忽然間聽著這款溫暖的話，予人足歡喜。我真心回答老太太講：「你遮爾仔疼惜新婦，錦香實在足福氣。」

　　老太太誠誠懇共我講：「啊，無影啦！你毋甘嫌啦。其實，毋是我咧膨風，厝邊隔壁遮爾濟人，我上好命，新婦上有孝[4]。總講一句，好外家[5]，爸母勢管教。」

　　拄才講了，雄雄聽著一个真歡喜的聲音按門外一路叫入來：「媽！媽！你看我紮啥物物件轉來！你上愛食的烘番薯呢，我佇街仔遠遠聽著叫賣聲，逐足遠才逐著呢！」

　　同學像一陣風全款傱[6]入來，那拍開報紙包咧的烘番薯，那催㑪大家講：「媽，緊食啦！趁燒，冷去就歹食囉。」老太太微微仔笑，共伊使目尾[7]，朋友越頭看著我，傱過來拍我，講：「討厭啦！欲來嘛無先通知一下，討厭啦！」

　　我看著秋日黃昏的日頭照佇阮朋友的面上，雖然伊一點仔粉嘛無抹，卻是遐爾仔美麗。

華文原收於《記在心上的事》（圓神，1991）

4　有孝（iú-hàu）：孝順
5　外家（guā-ke）：娘家
6　傱（tsông）：急跑
7　使目尾（sái-bảk-bué）：使眼色

揣了閣再揣

我的人生真正是袂了袂盡的浪費！除了教冊、寫作、佮朋友相見破豆[1]以外，大部分的時間攏咧揣物件。失去的物件實在袂少！毋知當時失落的青春，毋知佇佗拍毋見[2]去的友誼，毋知因何失去的愛情，毋知按怎拍毋見去的健康……。

遮的拍交落[3]的物件，因為事關重大，定定毋是人力會當挽回，半暝夢醒，雖然感覺萬般稀微[4]，總是因為確實知影一定揣袂轉來，嘛干焦以暫時的減肥、無效的解說，抑是走一下仔運動器材來小可仔敨氣[5]，真緊就心平氣和佮遮的代誌慎重相辭。

真正需要用精神佮時間去揣的，攏佮記憶力有牽連。

1　破豆（phò-tāu）：聊天
2　拍毋見（phah-m̄-kìnn，合音唸作phàng-kiàn）：遺失、弄丟
3　拍交落（phah-ka-làuh）：遺失、弄丟
4　稀微（hi-bî）：寂寥、惆悵
5　敨氣（tháu-khuì）：發洩情緒

這款綴[6]記持來作亂的交落[7]，一般攏無法度準過[8]抑是放外外[9]：鎖匙無去，就袂當入家門；目鏡無去，就無才調看冊；手錶拍毋見去，就毋知影時間。

課本無去，就袂當上課；袂記得密碼，就領無錢；袂記得昨暝共車停佇佗位，就無法度去到欲去的所在；電話簿仔無去，隨失去聯絡方式；電腦內底的檔案無去，毋管論文、散文，心血一律放水流。

像我這款依賴手摺簿仔[10]的人，若是這个簿仔拍毋見去，毋知會耽誤偌濟代誌，可能某一个禮堂有2000外人佇遐苦苦等待，我猶佇厝內曲跤啉咖啡；若不幸共學生的考卷拍毋見去，代誌就足恐怖囉！除了家己見笑辭頭路以外，我猶想無有啥物解決的方法。

我的老母85歲的時陣，有一工暗時，共奇怪的愛睏藥仔食落去以後，情緒起落，敲長途電話予我，足悲傷共我講：

「你若有閒，會使敲一通電話予恁嫂仔無？共伊講，

6　綴（tuè）：跟、隨
7　交落（ka-làuh）：丟失
8　準過（tsún--kuè）：姑且接受
9　放外外（pàng-guā-guā）：漠不關心、置之度外
10　手摺簿仔（tshiú-tsih-phōo-á）：小筆記本

我老矣，記持較穤[11]，才會佮伊諍[12]，請伊體諒我有歲矣，我講毋著話的時，毋通對我遮爾仔刺[13]啦！我若毋是記持穤、無頭神，哪會強強欲佮伊諍咧？有一工，伊嘛會老！到時，伊就會知影失去記持的人有偌可憐咧！」

阮老母一生記憶力有夠好，雄雄發見家己的記持開始無可靠，非常袂適應。伊共我投[14]，其實完全無路用，因為伊所講的記了重耽[15]去，我自少年就不時發生，而且變成生活中誠穤的習慣。

所以，我絕對毋敢清彩佮人輸贏[16]，因為經驗共我講，我頭殼內底的記憶體誠細，相輸毋捌贏過。因為記持穤，逐工[17]攏咧揣各種的物件，實在誠害。

透早起床第一項欲揣的，時常是目鏡。報紙按樓跤提起來樓頂以後，隨開始揣目鏡的行動。50歲以後，老人目鏡的度數對淺到深，步步緊咧行，最後發展甲一下離開目鏡就無法度好看任何字的地步。

毋過，毋是長期掛佇鼻仔頂的目鏡，總是會無故離奇

---

11 穤（bái）：差、壞
12 諍（tsènn）：爭辯、爭論
13 刺（tshiah）：兇
14 投（tâu）：告狀
15 重耽（tîng-tânn）：出差錯
16 輸贏（su-iân）：打賭
17 逐工（tȧk-kang）：每天

失蹤。早起佇客廳看報紙的時揣目鏡；中晝佇灶跤那[18]煮食那想欲看冊嘛著揣；欲暗仔提批上樓了後，閣較需要目鏡。

洗浴的時，若無共目鏡掛起來看說明，到底手中提的這罐是洗頭毛的，抑是洗身軀的，嘛定定看袂清；準若想欲提一本雜誌去便所看，嘛時常規間厝揣透透。

因為目鏡居無定所，所以，感覺伊規工[19]佮我咧鬥法。有時明明掛佇鼻仔頂，閣去問阮翁[20]講「啊目鏡是走去佗位啊？」前幾年，去紐約訪問小說家李渝，離開進前，看著門口桌仔頂，攏總囥上少一、二十副備用的老人目鏡，現笑出來，佳哉「吾道不孤」。

報紙看了，出門教冊進前，又閣開始揣鎖匙。汽車佮研究室的鎖匙，看起來簡單，才無影咧。大大細細幾若个皮包的幾十个內袋仔，就有夠予我揣甲規半晡，揣甲毋知影人[21]。

何況鎖匙實在太濟，厝內的、車的、研究室的。厝內的猶閣分大的、中的、內門的鎖匙，佮皮箱、保險櫃、信箱的；研究室的閣分大門的、焦燥機的；車的嘛有分門鎖

---

18 那……那……（ná……ná……）：一邊……一邊……

19 規工（kui-kang）：整天

20 翁（ang）：丈夫

21 毋知影人（m̄ tsai-iánn lâng）：不省人事

佮遙控的。因為種類五花十色，定定一枝搖、百葉動。

　　我捌因為開信箱，竟然將一捾[22]屜內的鎖匙掛佇鎖頭面頂，予賊仔對號來偷。這種定定袂記得的歹習慣，學校系裡的祕書會用得講受害上濟。

　　幾若擺，我攏去佮伊參詳，共我研究室的備用鎖匙借出來，這猶無打緊，最後參這捾予我借去的鎖匙，嘛有去無回，所以，後來伊甘願較骨力[23]咧，加行幾步仔，替我開門，拍死嘛毋肯共備用的鎖匙借予我。

　　好囉！今鎖匙已經緝拿歸案，紲落來，上困擾的代誌才欲開始。一下出門，隨就天地揤奮斗[24]，較按怎嘛袂記得昨暝下班以後，是共車停佇佗位。

　　因為無車庫，著愛四界揣所在停車，驚袂記得，逐擺攏刁工共停車的所在記牢牢，毋過，因為逐工攏認真記，印象誠深，顛倒煞攏濫濫[25]做伙，今仔日的、昨日[26]的、大昨日的、甚至頂禮拜的，攏親像是昨暝的，嘛若親像是猶閣較早的。

　　彼種感覺，非常奇妙，日頭赤焱焱，不時捾[27]一跤重

22　捾（kuānn）：串

23　骨力（kut-la̍t）：勤快

24　揤奮斗（tshia-pùn-táu）：翻跟斗

25　濫（lām）：混合

26　昨日（tsȯh--ji̍t）：前天

27　捾（kuānn）：提、拿

晃晃的皮包，佇厝附近的巷仔路，行過來、行過去，有時，跤步停落來佇遐抓頭殼，有時，望天吐大氣、苦思量。準若是較頂真的厝邊隔壁，應該會懷疑我的精神狀況是毋是佮附近一个長年佇路裡比跤畫手的痟的仝款。

論真講起來，車雖然僫[28]揣，嘛袂飛上天，總是會佇疲勞昏倒進前揣著。上絕望的是揣毋知影园佇佗位的電腦檔案。

自從佮電腦交陪開始，我有真久的時間，甚至這馬[29]猶閣咧繼續，攏咧揣無去的檔案。拄開始學電腦的時，差不多是20幾年前。我當佇咧寫博士論文的階段，定定論文寫幾千字以後，雄雄佇一个懶屍[30]的下晡全部失蹤，毋管你按怎哀爸叫母，伊就是無欲應你。

20幾年過去，這款代誌全款前跤行後跤綴，按怎都無法度避免。有時仔無細膩袂記得共檔案存起來，有時仔揤[31]毋著所在，莫名其妙檔案就無了了。定定目一个瞬[32]，我的人生隨就豬羊變色。

歷史的經驗共我講，若準彼時毋肯規氣放棄，猶原固

---

28 僫（oh）：難

29 這馬（tsit-má）：現在

30 懶屍（lán-si）：懶洋洋、倦怠

31 揤（tshih）：按

32 瞬（nih）：眨

執，最後只是加無閒的爾；毋過，就是毋甘願啊，逐擺攏袂死心，浪費足濟時間去揣，逐擺嘛攏註死無重耽。

檔案無去可能是真濟人共同的惡夢。毋過，日常穿插的衫仔褲拍無去，就予人想攏無囉。有一改，雄雄想起一領有一站仔無穿過的白色洋裝，佇衫櫥仔內底，揣了閣再揣，就是揣無。阮翁共我提醒講：「是毋是送去洗衫店，袂記得提倒轉來？」

真正是一語叫醒夢中人。我趕緊去附近的洗衫店，頭家態度僥疑，我顛倒閣較確定。我堅持講，一定囥佇佗個店內的某一個所在。頭家無奈，指店內差不多有十幾排的各種衫仔褲，講：「賰的是確定無來提倒轉去的，你家己揣看覓³³。」

講了，閣踅³⁴45度，指另外彼爿大約仔兩、三百領的衫仔褲，講：「呐！彼爿是一年內猶未提倒轉去的，你欲順紲³⁵揣一下無？」

天啊！我才知影有遮爾濟捌予人寶惜的衫，經過繁華的歲月了後，竟然予個的主人無情來放捒³⁶。遮的主人，甚至連衫仔褲拍毋見去都毋知影！

---

33 看覓（khuànn-māi）：看看、試試
34 踅（sėh）：轉彎
35 順紲（sūn-suà）：順便
36 放捒（pàng-sat）：遺棄

　　對穤的方向思考，人類愈來愈毋知影通惜寶！不過，對好的方面去想，這拄好會當見證咱的好年冬，逐家毋是定定講：社會有一點仔浪費嘛是袂穤！話閣講倒轉來，徛佇一排閣一排的衫仔褲頭前，是欲按怎揣起？我只好放棄。

　　這領最後予我判定失蹤的洋裝，竟然是一个精神飽足的早起，予我的查某囝發現伊恬恬仔倒佇我的衫仔櫥內。進前，雖然掛目鏡，詳細揣，毋知影佇一个角度無注意著。可見拍毋見的原來毋是彼領衫，是我「專心」的能力。

　　落雨天，啥人毋捌拍毋見幾枝仔雨傘！因為知影家己有規揹的前科，所以逐年黃酸雨[37]期欲來進前，我攏會記得去加買幾枝仔雨傘，分別囥佇定定出現的三个所在：厝內、車內佮研究室。

　　黃酸雨期過去了後，若準會當有一、兩枝留落來，就真萬幸矣。一擺，拄著落雨，我佮朋友約佇城內的一間餐廳同齊食飯，阮揣一个窗仔邊的座位坐落來，雨傘就囥佇窗外的桶仔底。一个按亭仔跤[38]行過的老先生，竟然紲手牽羊仔，就佇我的目睭前，共我的雨傘提去。

---

37 黃酸雨（ n̂g-sng-hōo）：梅雨
38 亭仔跤（tîng-á-kha）：騎樓

我驚一下，隨[39]逐出去共伊討，老先生竟然目睭褫[40]甲金金金，足無辜按呢問我講：「你按怎證明這枝雨傘是你的，毋是我的？」

無想著講竟然有人會按呢問，我一時無話通應，只好目睭金金看伊提我的雨傘涼勢仔涼勢離開。是啊！我按怎會當證明彼枝雨傘是我的？也無刻名字、也無做記號，我是按怎會當共伊講：「我就是知影啦，免證明。」

三不五時，咱會佇煞鼓[41]以後的大門口，發現現場干焦賰一枝佮你紮[42]來的雨傘生做誠成的雨傘，抑是根本就無半枝雨傘。

我問過足濟人按怎應對，有人根本管伊三七二十一，提咧就走，橫直你偷我的，我就偷伊的，管待伊是毋是全一个人的；有人真有個性，毋願「偷拈偷捻，一世人欠」，甘願沃雨[43]用走的，嘛無愛共人拆「傘」。

講著雨傘拍毋見的上趣味的故事，應該就是佇聯合文藝營發生的彼件囉。彼年，上課了，準備轉去的時陣，忽然間，開始落大雨。負責接接[44]的小姐，紲手提一枝雨傘

---

39 隨（suî）：馬上、立即

40 褫（thí）：睜開、張開

41 煞鼓（suah-kóo）：結束

42 紮（tsah）：攜帶

43 沃雨（ak-hōo）：淋雨

44 接接（tsih-tsiap）：接洽、接待

予我，我問伊欲按怎還伊，伊竟然講：「啊！毋免還啦，這是你頂年來文藝營上課的時，袂記得，留佇遮的。」

我閣聽過一个雨傘的笑話，講有兩个有歲的人，互相埋怨記憶力變甲足穤。一个講，伊定定挈雨傘出門，煞袂記得挈倒轉來；另外彼个人接落去講：「我最近嘛真害，無挈雨傘出去，煞挈雨傘轉來。」

聽過這个笑話以後，我定定會去想起古冊內底「貴公」的理論。我有失，人有得，不過是一枝雨傘爾爾，免遐爾仔計較！毋過，雖然只是一枝雨傘，重要的時陣若準無伊，猶是真無方便。

偏偏仔無論你按怎拍算，攢[45]好勢的彼幾枝雨傘永遠無夠用，因為伊總是會佇無張持的時陣，集中佇某一個你提袂著的所在。人佇厝內，雨傘囥佇車頂；人佇車頂，雨傘囥佇研究室；人佇研究室，雨傘走去厝內，親像覕相揣[46]全款。

阮翁定定共我叮嚀講：「物件只要就定位，就會當省足濟時間佮氣力，你上大的問題就是所有的物件攏無踮跤[47]。」

此話雖然有理，毋過有理的代誌無一定就做會到，這

---

45 攢（tshuân）：張羅、準備
46 覕相揣（bih-sio-tshuē）：捉迷藏
47 踮跤（tiàm-kha）：留在原地

就親像大人責備囝仔讀冊無夠拍拚，若無，應該會當考牢閣較理想的學校。囝仔哪會毋知影這个道理，重點是：「就是拍拚袂起來啊！」

當然，我嘛毋是彼款毋知影反省的人，有一段時間，嘛捌拍拚實行「對號坐」的政策，可惜難度傷懸[48]，超過我的能力太濟，干焦「知恥」，卻按怎嘛近不了「勇」。其實，這位號稱凡事就定位的男子，你嘛千萬毋通叫是伊既然遐爾仔勢[49]講，伊就會當總扞盤[50]無重耽。

有一改，這位男子騎oo-tóo-bái出門影印伊畫的圖，到影印店才發見講欲影印彼大袋仔的畫作全部失蹤，閣是後來去報警才揣倒轉來。原來伊是一路順風，貯畫的彼跤大跤袋仔，神不知鬼不覺趨[51]落去路邊。

自從彼擺事件了後，伊的威信盡掃，「就定位」顛倒變做我反攻的武器，有影是「不『失』則已，一『失』驚人！」物件拍無去需要驚動警察來鬥[52]揣，至少到目前為止，我猶毋捌有這種紀錄。

元代出名的曲家盧摯有一曲〈雙調折桂令〉，用數學

48 傷懸（siunn kuân）：太高
49 勢（gâu）：能幹、有本事
50 扞盤（huānn-puânn）：操盤、掌管
51 趨（tshu）：滑
52 鬥（tàu）：幫忙

加減的方式計算人生：

「想人生七十猶稀，百歲光陰，先過了三十。七十年間，十歲頑童，十載尪羸。五十歲除分晝夜，剛分得一半兒白日，風雨相催。兔走烏飛，仔細沉吟，都不如快活了便宜。」

照伊的計算，人生除去細漢毋捌代誌，年老為病疼受苦以外，賰的毋才50年，50年閣著愛扣掉暗暝一半，真正會當利用的時間毋才25年。

我教冊教甲遮的時陣，竟然感覺非常悲哀。因為普通人好歹嘛猶有25年會當利用，我猶著愛扣掉揣物件用去的大部分時間，會當家己規畫的，干焦十二、三年爾爾！其他十二、三年攏浪費佇揣目鏡、揣鎖匙、揣錶仔、揣冊、揣考卷、揣紅筆、揣電話簿仔，甚至佇半暝暗摸摸的時，敲電話揣猶佇夜店的囡仔……按日時一直揣甲半暝，我的人生有夠慘！逐日揣這、揣彼，揣了閣再揣，看來無到瞌目[53]是袂煞囉。

　　　　　　　　　華文原收於《大食人間煙火》（九歌，2007）

---

53 瞌目（kheh-ba̍k）：闔眼，此喻死亡

予家人疼痛的老太太

午後三點左右，第一床來了新的患者。是一位高齡的老阿媽，由三位家人護送，揀[1]入來病房。

三个年紀差不多40外歲的男女，親像捧一个珍貴的寶貝全款，共阿媽扶去眠床頂。一个查某人開始用酒精認真拭所有的桌仔椅仔；另外一个共行李一个一个囥入去櫃仔、櫥仔底，唯一的男士佇兩位查某人的工課中間閃過來、閃過去，陪阿媽講話。

我坐佇窗仔前拍電腦，阮查某囝睏去囉。個三个人講話的口音有小可仔奇怪，護士來查問相關資料的時，問老阿媽是講啥物話的，三个人同齊講：「台灣話。」

但是，阿媽應該是耳空重，護士提懸聲音，伊猶是聽無，大部份攏由伊第三的新婦佮第八的查某囝佮彼位姪孫仔負責補充說明，當然，遮的稱呼我嘛是按護士的問話內底了解的。

我認真聽老阿媽的破病的歷史，糖尿病、高血壓，年

---

1 揀（sak）：推

初的時陣，目睭捌[2]佇緬甸開過白內障，幾年前，嘛捌有一回因為腰子出問題踮院，1997年佇緬甸裝人工髖關節，這回是因為安裝的人工髖關節使用傷久，無爽快，來開刀換新的。

各位客倌一定予我的記持[3]驚著，其實毋免，因為半點鐘內，我總共聽過四擺的重複說明，分別佇麻醉師、護士、踮院醫生佮開刀的醫生來的時陣。

彼位新婦真盡心，醫生問血壓，伊就提出血壓紀錄表；醫生問血糖，伊隨提出血糖的紀錄；醫生問頂擺人工髖關節底時[4]裝的，底時開始感覺無爽快，伊攏無躊躇，回答閣緊閣肯定。這个人適合參加電視頂益智搶答的節目。

伊閣共護士加討一床棉被，護士講著愛閣加100箍，伊講無問題：「阮媽媽較驚寒。」

為著敦親睦鄰，我共阮查某囝身軀沖好勢，毋管家己規身軀猶閣澹漉漉[5]，猶是去佮個相借問：「歹勢喔！雖然已經盡量細膩囉，但是浴間仔猶是無法度避免有淡薄仔滑，請入去的時，著愛特別小心。」

2　捌（bat）：曾經
3　記持（kì-tî）：記憶、記憶力
4　底時（tī-sî）：何時
5　澹漉漉（tâm-lok-lok）：溼淋淋、溼漉漉

　　三人同齊徛起來，足客氣講：「攪擾囉。」佮個開講
以後，才知是長期蹛佇緬甸的金門人，莫怪[6]口音小可仔
無仝款。

　　無喙齒的老阿媽拄好[7]胃口誠好，咧食點心，看著我
行過去，共我講伊87歲囉，閣共手攑起來比三，講「閣
差……閣差……」有一寡大舌[8]，我幫伊講：「閣差三年
就90歲是無？」伊無聽著，繼續講：「差三個月就88
歲。」講了，笑甲足歡喜。

　　護士入來問：「有換髖關節了後復健愛注意的代誌的
影片，恁敢有需要看？」新婦佮查某囝攏講：「愛喔。」
新婦閣補充講：「真好呢，阮佇緬甸裝的時攏無予阮看
呢。」護士共電視揀出來，我行過的時，看著三个人目睭
金金詳細咧看，閣不時認真討論。

　　這位阿媽真幸福，若親像予所有的家人當做寶貝全款
咧疼惜。毋知按怎，我家己煞嘛感覺幸福起來。

（2016）

6　莫怪（bòk-kuài）：難怪
7　拄好（tú-hó）：剛好、恰好
8　大舌（tuā-tsih）：講話結巴、口吃

看戲

　　是一个落雨霎仔[1]的春天，新婚猶無偌久的我，當咧恰欲煞尾的碩士論文奮鬥。遐的[2]日子，雨，攏一時仔落一時仔歇，若親像拍開佇冊桌仔頂的碩士論文的進度，毋知影何時才會結束。

　　對窗仔口看出去，規个板橋若像無受著霎霎仔雨的影響，一直維持伊一貫的殕殕[3]的面貌。規條街仔的建築因為受著長期工事的影響，定定予塗沙粉仔包圍，感覺規城市块蓬蓬[4]、亂操操，莫講是雨毛仔無法度伊，準做[5]是傾盆大雨，恐驚也是沖袂去伊的暗影！毋過，市鎮上的人猶原趣味十足咧活動。

　　長長的鼻屎膏拖咧的囡仔裼赤跤四界走相逐；遠遠所在的修車場內，裼腹裼[6]的查埔不時佇架懸懸的車下跤

1　雨霎仔（hōo-sap-á）：細雨、小雨
2　遐的（hia-ê）：那些
3　殕殕（phú-phú）：灰暗、灰濛濛的
4　块蓬蓬（ing-phōng-phōng）：塵土飛揚貌
5　準做（tsún-tsò）：即使
6　裼腹裼（thìg-pak-theh）：打赤膊

軁[7]入軁出；街仔對面檳榔擔仔的小姐嘛全款穿閣狹閣短的裙，歡歡喜喜為停佇路邊的車內底探頭出來的人客咧服務。

小擔仔的喝賣聲彎來斡去，若像目中無人全款一路潑過去，亭仔跤邊，賣膏藥的老先生佇挂安好的放送頭[8]前「喂！喂！」咧試音。

我寫的論文已經接近下結論的階段，像規暝一心一意認真演奏的喇叭手，雄雄予人通知講伊的節目已經咧欲結束囉，不免有一種戲欲煞鼓的稀微。何況，按怎共這最後一曲演奏甲予人感覺優雅又閣悠揚，也是一件予人相當傷腦筋的代誌。

拄佇各種雜音交插的小小冊房內煩惱之時，對遙遠的毋知影啥物所在，傳來一陣喧天的鑼鼓。好戲起鼓囉！我，心中一動，親像細漢的時共小竹椅捾咧、去廟口搶好位看歌仔戲的歲月，又閣倒轉來囉。

連鞭大連鞭細[9]的鑼鼓聲，佇無議無量[10]的心內杳杳仔引發起莫名的興奮。心情經過一番的滾絞，我決定毋管論文可能會拖延的事實，共規厝間的資料放咧，聽聲音的來源，一路揣過去。

7　軁（nǹg）：鑽

8　放送頭（hòng-sàng-thâu）：擴音喇叭

9　連鞭……連鞭……（liâm-mi……liâm-mi……）：一下……一下……

10　無議量（bô-gī-niū）：無聊、無事可做

　　清彩穿一雙淺拖仔，順手攑一支烏雨傘，我就對四樓嚓嚓趒[11]出門。逃離開沉重的工課壓力，雖然不免有寡仔罪惡感，但是，比較起來，偷走學[12]成功的刺激佮歡喜，卻是遠遠超過遐的罪惡感。

　　雨，猶是微微仔咧落。我徛佇路邊，認真用耳空[13]辨識聲音來的方向，並且急急追趕過去，足驚趕袂赴這場春日的盛筵。鑼鼓的聲音愈來愈清楚，隔一片的水田，總算看著一棚戲台，徛佇一間矮矮的農舍頭前的埕中央。

　　田岸因為雨落傷久變甲若漉糊仔糜[14]。我千辛萬苦對田裡蹔落去，行到稻埕的時，跤底的淺拖仔已經完全看袂出伊原來的色水佮款式，深到跤目[15]的漉糊仔糜，予我看起來若像穿一雙奇形怪狀的長靴仔全款，真好笑。

　　我一跤長一跤短，狼狼出現佇稻埕邊仔的時，看起來並無引起啥物人的注意。戲台仔的正手爿[16]，貼一張紅紙，面頂是幾个寫甲歪歪倒倒的毛筆字：「郭瓃拜壽」，應該是為著家族中的某一位序大祝壽所舉行的慶祝活動吧！我按呢想。

---

11 嚓嚓趒（tshiàk-tshiàk-tiô）：歡喜雀躍貌

12 偷走學（thau-tsáu-o̍h）：逃學

13 耳空（hīnn-khang）：耳朵

14 漉糊仔糜（lo̍k-kôo-á-muâi）：爛泥

15 跤目（kha-ba̍k）：腳踝

16 正手爿（tsiànn-tshiú-pîng）：右邊

　　放眼看過去，戲台仔頂的演員無啥物專心咧表演，看起來真無敬業的精神，一副無要無緊的模樣。其中一个宮女，喙內閣咧哺樹奶糖[17]之類的物件，主角郭瓔咧氣怫怫責備公主的時，公主竟然閣越頭去和琴師講笑話。

　　戲台前的稻埕內底，除了五、六个囡仔咧走相逐之外，大人有的坐咧、有的徛佇戲台邊仔的砛簷跤[18]咧開講，有人大聲咧喝遐的囡仔，有的人甚至行出去厝外提幾捆草絪[19]，竟然無一雙目睭是咧看戲台頂的表演的。

　　請戲班來鬥鬧熱，卻無負責任，干焦行去邊仔談笑開講，放演員面對空空的稻埕做戲，這是何等譀古[20]的慶祝儀式！我行到戲台仔前，搬演郭瓔和公主的小生佮小旦看來已經有歲囉，規身軀攏散發出歲月的滄桑，一副長年衝州撞府的老油條款。

　　但是，佣忽然間看著有生份人[21]認真咧看佣表演，有的開始縮小喙內哺樹奶糖的大動作；公主嘛開始佇下一秒鐘做出合劇情所需要的傲慢表情；參鑼鼓點仔也受著鼓勵仝款，變甲足有精神。

　　攑一枝大雨傘的我，三分鐘內，煞變成眾人視線的目

---

17 樹奶糖（tshiū-ling-thn̂g）：口香糖
18 砛簷跤（gîm-tsînn-kha）：屋簷下
19 草絪（tsháu-in）：做燃料用的成束稻草或蔗葉等
20 譀古（hàm-kóo）：荒唐、離譜
21 生份人（tshenn-hūn-lâng）：陌生人

標，好親像所有戲班的成員攏共目瞤鎖定佇我一人的身
上。我深深感覺家己任重道遠，嘛毋敢有小可仔失覺
察[22]，認真配合劇情發展做出適當的回應，一時仔結目
頭，一時仔展笑容，一時仔大聲笑，有一、兩分鐘內，我
甚至神神叫是家己才是這齣戲的主角，戲台頂遐的人全部
變成觀眾。

　　我完全毋知影為啥物無代無誌來看一齣戲，竟然落入
這款也好笑也好啼的表演中，甚至開始有一屑仔驚惶，我
驚我的表演若準無法度維持到戲劇結束，終不免會予個失
望。

　　男女主角兩人相諍那來那[23]激烈，又閣佇公主受氣變
面了後恬靜落來。雨，滴佇大雨傘面頂，發出「凍！
凍！」的聲，因為落雨一直殕殕的天色親像閣較烏囉，拄
才[24]兇兇狂狂出門，參手錶仔嘛無掛咧，一向時間觀念無
啥清楚的我，完全無法度判斷出彼時陣的正確時間。

　　已經到欲煮暗頓的時刻未？因為拄才閒閒佇砛簷跤講天
說皇帝的查某人親像減幾若个，我有小可仔著急，禮拜三的
下晡，阮翁會早一點鐘下班，我慣勢佇伊入門進前，共因為
寫作舞甲亂操操的厝，整理甲看袂出本底恐怖的模樣！

---

22 失覺察（sit-kak-tshat）：疏忽、不留神

23 那來那（ná-lâi-ná）：愈來愈

24 拄才（tú-tsiah）：剛才

　　雨水對傘骨尖尖的所在溜落來，淋漓的雨水真緊變成一張雨簾全款，共世界切做兩爿。另外一爿的舞台頂，穿現代服裝的工作人員，拄咧兇兇狂狂搬桌仔椅仔等等的道具，我本來想欲利用雨水的掩護，趁機會落跑。但是，才小可躊躇，就錯失良機。行路吭吭撏[25]的郭子儀已經出場，七子八婿扶扶挺挺，一掛人又閣齊齊共佇金鑠鑠的目睭鎖定佇雨傘跤的我，像一張密羶羶[26]的網，密密實實共我包圍起來，我本來想欲離開的彼雙跤，竟然像踏入去漉糊仔麋內底全款，完全毋肯聽主人的拍派[27]。這時，覕[28]佇舞台後壁矸簹跤的人群當中，忽然有人共我搝手，閣大聲喝咻：「小姐，入來坐啦！覕一下仔雨，免歹勢啦！」我感覺家己的面閣紅閣燒起來。無完全是為著歹勢，其實是憤怒佮不平。為啥物請戲班來演出咧？敢毋是因為有人佮意看？是按怎所有的人攏毋管這齣戲咧？這齣戲，敢毋是為著欲表示對壽星的尊敬？但是，按無人欣賞的事實來推測，就算是壽星家己嘛無咧看重這款的表演啊！按呢，唯一的可能，就是排場面予厝邊隔壁佮親情朋友欣羨而已。

　　這款的居心實在真討厭！更加袂當原諒的是，真無簡單才招來我這个觀眾，竟然閣有人忍心共我對舞台前搝

---

25 吭吭撏（khōng-khōng-hián）：形容搖搖擺擺的樣子
26 密羶羶（ba̍t-tsiuh-tsiuh）：形容非常緊密
27 拍派（phah-phài）：指揮、差遣
28 覕（bih）：躲

走！

想到遮，我開始對這家伙仔感覺厭氣[29]，我粗魯共佮搖手拒絕。就算明知影佮絕對是善意的，卻無論如何毋肯原諒佮，也因此下定決心，欲好好仔共這齣戲看煞，雨閣較大，嘛無欲半途離開。

彼工，轉到厝的時，天已經全烏囉。阮翁徛佇亂操操的冊房中央，當咧用亞森・羅屏的推理方法，臆我這位新婚妻子的去向。

幾年後的一个深夜，阮夫妻兩人忽然間同齊回想起這段往事，阮翁用足怪奇的口氣問我：「彼个下晡，你敢正經是去看戲？……」

一時之間，我竟然無話通回答。莫講是阮翁起憢疑，代誌經過十幾年的悲歡離合。彼个看戲的下晡，佇堆疊著大悲大喜的人生長河中，變甲雺霧閣無真確。我嘛像阮翁仝款，懷疑起這段譀古的路人甲的記憶，可能只是過往某一个日子中的一場夢而已！

但是，若準真正是按呢，彼工欲暗的時，雙跤漉糊糜、全身澹糊糊出現佇冊房，予阮翁掣一越[30]的女子，到底曾經去了何處咧？

華文原收於《如果記憶像風》（九歌，1994）

---

29 厭氣（iàn-khì）：怨憤不平
30 掣一越（tshuah-tsit-tiô）：嚇一跳

彼年春天──廖玉蕙的台語散文

國家圖書館出版品預行編目 (CIP) 資料

彼年春天：廖玉蕙的台語散文 / 廖玉蕙作 . -- 初版 . --
臺北市：九歌出版社有限公司，2021.02
　面；　公分 . -- (廖玉蕙作品集；110721)
ISBN　978-986-450-325-4 (平裝)
863.55　　　　　　　　　　　　　　　　　109021690

作　　　者 ── 廖玉蕙
校　　　訂 ── 周盈成、林佳怡
特約編輯 ── 杜秀卿
創 辦 人 ── 蔡文甫
發 行 人 ── 蔡澤玉
出　　　版 ── 九歌出版社有限公司
　　　　　　　台北市 105 八德路 3 段 12 巷 57 弄 40 號
　　　　　　　電話／ 02-25776564・傳真／ 02-25789205
　　　　　　　郵政劃撥／ 0112295-1

九歌文學網　www.chiuko.com.tw

印　　　刷 ── 晨捷印製股份有限公司
法律顧問 ── 龍躍天律師・蕭雄淋律師・董安丹律師
初　　　版 ── 2021 年 2 月
初版 2 印 ── 2024 年 4 月
定　　　價 ── 320 元
書　　　號 ── 0110721
Ｉ Ｓ Ｂ Ｎ ── 978-986-450-325-4　（平裝）